JN114906
Life 04
Kujira Sakisaka
Fufukan ni okeru Ai no Tekion
Million years bookstore

夫婦間における愛の適温

向坂くじら

百万年書房

目次

夫婦間における愛の適温

オッケー、愛情だけ受け取るね

先にことわっておくけれども、これから書くことは断じて暗喩ではない。いくらわたしが詩人だからといって、ぜんぶの言葉に含意があると思ったら大間違い。いや、むしろ詩人だからこそ、書かれた言葉を言葉の意味そのままに受け取ることの重要性を訴えたい。常識、社会的な文脈、暗黙の了解、くそくらえ。馬と書いてあったらそこには馬がいて、愛と書いてあったらそこには愛がある、愛がなにかはわからなくともひとまず愛なるものが現実にあると仮定する、そのような素直さをもってはじめて詩が読めてくるものじゃないか。深い意味を読み取ろうとすればするほど、意味そのものからは遠く離れてしまう、そんな痛い思いは、日頃のコミュニケーションだけで十分でしょう。

ここまで前置きをすれば大丈夫だろう。それでは聞いてください。

夫のへたなマッサージで、もっと気持ちよくなりたい。

夫はマッサージがへただ。しかしわたしが肩凝りでつらそうにしていると、必ず「マッサージしてあげようか」と言ってくれる。手が大きく、指が太くて皮膚も硬いので、どうしても大味な施術になる。そのくせやけに熱意がこもっていて、いきなりすごい圧力で押してくる。わたしとしてはもっとのんびりほぐしてもらえればいいのだが、夫のマッサージはそれを許さない。いたい、いたい、と訴えても、いいから、いいから、などと言って押しつづける。凝ってるから痛いんだよイコールここはがまんしてちゃんとほぐさないと、という理屈があるらしく、わたしが痛がるほど施術態度も強硬になる。しかたなく痛みに耐えるのだが、そのせいで身体のあちこちに変な力が入り、ことが終わったころにはかえってへとへとになってしまう。

くりかえしになるが暗喩ではない。

何度かその旨を伝えたこともある。すると一旦は力を弱めてくれるけれども、次にはまた元の「強」に戻ってしまう。マッサージをしてもらっている立場でそのたびに口を出すのもなあ……と気後れもあり、実際それで肩は楽になるということもあって、結局、うう、いたい、いたい、などと言いながら甘んじて受けている。

しかし、マッサージが終わるときの空気が釈然としない。たいてい、わたしが「もういいよ、ありがとう、もう大丈夫だから」と先に制する。すると、制されてわたしの背中側からぐるりと正面へ出てくる夫が、不満そうにしている。言いたいことはわかる。彼はとびきりの愛情でもってわたしの肩を「強」で押しているのだから、そんなふうにうんざりした感じで止めなくてもいいじゃないか、というのである。しかしこちらからしてみれば、わたしこそしばしこの痛い愛情を受け止めたのだから、もっとなにか心のかよったような終わりざまでもいいじゃないか、と思う。そして、どことなくお互いに損をしたような雰囲気だけが残る。不毛だ。夫婦のスキンシップがこんなことでいいのか。

話は変わって、わたしは夫の母、つまり義母が好きだ。元来、女性から同性として女性らしさを求められることが苦手で、世に聞く「嫁・姑問題」なるものに戦々恐々としながら結婚したのに、案外あっさり好きになった。

義母は、わたしに接するとき、こちらがドギマギするくらい気を遣う。あるとき話してくれたことによれば、義母の夫、つまりわたしの夫の父は早くに両親に先立たれていて、義母は「夫にとっての嫁」であった経験はあっても「姑にとっての嫁」であった経験がない。「姑」のモデルもいなければ、「嫁」として姑に接する気持ちもわからないという。さらに、例の「嫁・姑問題」で耳に入ってくるのはいやな話ばかり。それで、自分自身で姑のよきありかたを探りながら、おっかなびっくりわたしに接してくれているのだった。

なにをするにも、わたしに「いやだったら言ってね」「気にしなくていいからね」と念を押し、下の名前にちゃん付けで呼びかける。その距離感がうれしい。いきなり親密にされるよりもむしろ、めいっぱい考えながら仲良くしようとしてくれているのがよくわかって、うれしい。ご飯を食べにいくと、彼女の息子であるところの夫に食事や飲みものを勧めるのと同じように、わたしにも勧めてくれる。酔っぱらうと子どもにするようにわたしの身体に気やすく触る。日頃、身体に触られることをあまり好まないわたしだが、それはふしぎにやさしく思えるのだった。さらに、義母が義理の家族といっしょにいるのを見ていると、彼女が気を遣うのはわたしに対してだけではないのもよくわかる。誰に対してもひとしく眼差しをくべて、不快な思いのする人がいないようににこにこと立ち回る。すごいなあ、と思う。

ところが、夫である。姉ふたり弟ひとりの末っ子に生まれた夫は、どうやら家族のなかではまだまだ子どもであって、義母は夫のことが心配でしかたない。それで、帰省するたび夫にあれこれと問いかける。仕事はどうなの、目標はあるの、健康診断はどうだったの。そこで、問われた夫があまりにぞんざいな対応をするのに、わたしは驚く。

仕事はどうなの。

どうって、べつに、ふつうだよ。

目標はあるの。

うーん、まあ、がんばります。

健康診断はどうだったの。

なんもなかったよ。


眉間にしわを寄せながらそんなふうに答えるので、へんにドキドキしてしまう。確かにわたしも、自分の親に子ども扱いされて疎ましく思うことはある。けれどそれにしたって、このやさしい義母にそんな頑なさを向けていいものなのか。生まれ育った家族からは一歩外がわにいるわたしだからそう思ってしまうだけかもしれないけれど、しかし、せめて「気にかけてくれてありがとう」ぐらいひとこと言ってあげたらいいじゃないか。

わたしが口を出すわけにもいかないので黙って見ていると、義母は最後に「まあ、いいんだけど、LINEでいいからときどきどうしてるか教えてよ」と言った。夫は握り寿司を箸で持ったまま、はい、はいと答えた。

その日の帰りぎわ、夫が車を出すのを待っていると、義母がわたしのところへ寄ってきた。

「今日はありがとうね、大丈夫だった？　いやじゃなかった？」

「えっ、なにがですか。大丈夫ですよ」

義母は、とても酔っ払っているようだった。

「いや、わたしがあんな風に心配してたら、奥さんとしてはいやだったりするかなと思って」

「いや、ぜんぜん、そんなことないですよ」

「本当？　わたしが◯◯くん（夫）のことが大好きでも、いやじゃない？」

その瞬間、笑ってしまいそうな、それでいて涙が出そうな、なんともいえない気持ちでいっぱいになった。暗がりで、義母の瞳が一際きらめいて見えた。わたしは息を吸いこんで、答えた。

「いやなわけないじゃないですか！　そんなの、いやなことなんて、ひとつもないじゃないですか！」

わたしたちはしばし微笑みあい、夫の運転で近づいてくる車のブレーキランプに照らされていた。義母が、ありがとう、と言って、わたしの腰に手をまわす。それで図に乗って、もうひとこと付け加えた。

「おかあさんは、わたしが、◯◯くんのことが大好きでも、いやじゃないですか？」

「いやじゃない。すっごく、すっごくうれしい！」

夫の車に乗り込んでからも、わたしはしばらく上気していた。下戸なのでお酒は飲んでいなかったけれど、頬が熱かった。なにか特別な瞬間を過ごしていたような気がした。

それ以来ときどき、あのときなにが義母に「わたしが◯◯くんのことが大好きでも、いやじゃない？」と言わせたのか、考えてしまう。一般に愛情はいいものとされているけれど、しかし必ずしもそればかりではないということを、わたしたちはすでによくわかっているのではないか。愛する人の頑なさの前に立たされて、自分の愛情がぜんぜんその向こうへ通っていかないとき、愛情自体の罪深さのようなものを思い知る。愛情は本来そんなにいいものではなく、疎ましがられるほうが自然という気がしてくる。ただ相手に幸せでいてほしいと願うことさえも自分の押しつけではないかと思わされる。けれどもそこで、嫌がられることに怯え、押しつけにならないよう忍耐をし、たえず距離感を測りながらも、どうにか愛情を持ちつづけようとする、大げさな言い方になるけれど、それこそが愛といってはいけないだろうか。

そう思うと、わたしはやはり義母のためらいを尊敬せずにはいられない。そしてあのとき、義理の娘の前にどうしてもはじけ出してしまった義母の愛情を、いとおしく思わずにはいられない。

また別の日、夫の運転する車に乗りながら、わたしは菓子パンを食べていた。はじめて食べるパンで、クリームが挟まっていて、なかなかおいしい。いいねいいね。夫にもあげよう。と、思った瞬間に、夫がなにか話しかけてきたのだったが、一度動きだしたわたしの動作は止まらず、ちょうど夫の口をふさぐ形でパンを押し込んでしまった。しばし遅れて、あっ、いま、話を聞きたくなくて止めたみたいになっていなかったか、と焦る。

「あっ、ごめん、悪気ないよ……おいしかったから、食べさせてあげたかっただけで……」

あわてて謝っているあいだに、夫はゆっくりとパンを噛んで、飲み込み、答えた。

「オッケー、愛情だけ受け取るね」

その言葉の軽さに、虚をつかれたような思いがした。さらっと言っているけれども、いつでもそれができるのなら、どんなにいいことか。そうだな、そうしよう、愛情だけ受け取ってみようか。わたしはそのことでしばらく感心していたのだが、夫にはなんのことだかあまりわかっていないようだった。パンは最後までおいしかった。

今日も夫が、「マッサージしてあげようか」と声をかけてくれる。一度、うーん、と思う。夫のマッサージは、へただし、痛いし、される前より疲れることもしばしば。けれども、まあ、やってもらおうか。またお互いなんとなく妙な感じで終わるかもしれないけれど、それはそれでいいか。本当に愛情だけを受け取れるものか、ためしてみよう。そんなふうなくりかえしで暮らしていってみようか。

そう思って、めずらしくマッサージの強さに口を出さずにいてみたら、くっきり指の痕が残ってびっくりした。夫もちょっと引いていた。本当の本当でいえば、やっぱり、ちゃんと気持ちよくなりたいのだった。自然に肩を揉まれて、自然に快復したい。心配されてしみじみとあたたかく思いたい。勝手に走りだす自分の愛情も疎ましければ、誰かの愛情を受け止めきれず、すぐ真っ赤な痕になる自分の脆さも疎ましい。誰かに愛によって行われたことが、自分にとっても本当にいいことである、そんな奇跡のようなことが、どこかで起きてくれないかなあと思うのだ。

わたしはね、もう、これでいくのよ

結婚して二年になるが、遊びで愛をやっているわけではない。

夫がわたしのなにに惹かれて結婚したのかは一向に合点がいかないままだが、夫がいまわたしにされてもっとも不快で、悲しくて、自尊心を傷つけられることがなにかはわかる。それは、夫の運転中にわたしが事故の心配をすること。とくに、夫が眠ってしまうのを心配すること。

夫とわたしとはおおむね（あくまでおおむね）同じくらいの資本レベルで暮らしていて、金銭感覚も似ていれば味覚も似ている、許せるブラックジョークの幅も政治に対する関心のほどもおおむね同じ、というふたりだが、唯一大きく資本レベルがかけ離れているのが、睡眠だ。

自分でいうのもなんだが、わたしほど睡眠が豊かな者はそうそういない。わたしはどこでもかしこでもすぐ爆睡できる。枕が変わろうが国が変わろうがまったく問題なし、騒音も余裕、就活の合間には有楽町や六本木の路上で眠り、翌朝が早い夜は平気で十八時に就寝し、ひとり旅のときには基本夜行バスで移動して、ほとんど箱のようなゲストハウスに好んで泊まる。どんなところでも眠れば回復してぴゃきぴゃき動き、朝五時に夜行バスを降りた直後にラーメンを食べたりする。眠ること自体も好きで、生活に欠かせない快楽だと思っている。食事と睡眠のどちらかを選ばないといけないとしたら睡眠をとるかもしれない。

そして、わたしから見ると夫の睡眠はひどく貧しく、もう、けなげにさえ見える。夫の睡眠はつねに不随意で、観たがっていた映画を観ていても急に眠ってしまう、わたしと話していても文節の途中で眠ってしまう、なにかに襲われたり、さらわれたりしているかのよう。そのくせ眠りが浅く、すぐにまた起きてしまう。それがまた次の強烈な眠気を誘う、という悪循環は、まさに貧困を連想させる。眠りざまも気の毒なほど苦しそうで、いつもうっすら唇をあけて、喉の奥でなにかモニャモニャうめき、そして、悲鳴のようないびきをかく（だから、世に聞く「結婚相手の寝顔を見て幸せな気分に浸る」というのがわからない。夫の寝顔は憐みを誘うばかりで、それは愛とは遠い）。

夫を見ていると、自分にとって単なる甘美な娯楽だった睡眠が、ひどく剣呑で不吉な、姿の見えない外敵に感じられる。そして、そんなものに蹂躙されているかのような夫のすがたは、わたしにとっても不快で、怖い。結婚したばかりのころこんな詩を書いたほどだ。

あえない敗け

うちには
早く眠る人がいて
部屋の暗いほうから
鼻か喉かの音が聞こえる
さっきまで明るいほうにともにいたのに
あっちにいったまま
戻ってこない

ひっぱりこまれる間ぎわの君が
不随意な声でしゃべるのが
嫌いだ
強権や

平手打ちやアルコールや
円陣のかけごえ
それから具合のいい女性器とやらをはさんだパン
そのほかわたしの嫌いなもののみんなが
きみの肉体を打ち負かすのを連想させる
あえない声

目覚めてみなければ
自分が眠っていたとは気づけない
早く眠る人は早くに起き
眠っているわたしを残して出ていく
わたしも
平伏しているようにみえただろうか
わたしは何に敗けてみえるだろう
君もこんなに悔しいだろうか

そんな夫が運転をするので、ちょっと夫が目をこすったりすると、わたしはあわてる。夫があのおそろしい眠気の手にかかって、なにもかもおしまいにしてしまうのではないかと思うのだ。わたしは、運転席の夫の身体が突然ぐらっと傾き、その勢いで反対車線へハンドルが切れることを想像する。または、夫の重たい足が赤信号でもかまわずアクセルを押しこみつづけ、交差する車線をこちらへ飛ばしてきたトラックが、真横から夫の身体をスクラップにするところを想像する。または、橋の上を走っていたと思ったら次の瞬間欄干をぶち破って空中へ放り出され、鋼のような水面が迫ってくるところを想像する――それで、わたしは夫が運転している間、つねに夫の声色や目つきの変化に目を光らせ、想像するかぎりの大惨事をどうにか防ごうとしたくなる。

そして、それは夫にとってはなにか癇に障ることのようで、わたしが心配しているとめずらしくいらだち、「疲れてるんなら寝たらいいのに」などと勧め、それでもわたしが絶対に眠らないことにさらにいらだち、わたしが父の運転だと眠れることに嫉妬さえする。そう、どこでもぐっすり眠るわたしは、夫の運転する車でだけは眠らないのだった。

ところが、一度だけ、それがどうしようもなくなったことがある。その日はプレッシャーのかかる仕事の帰り道で、もう、くたくただった。

わたしが助手席でぐったりしているのを見て、夫はしめたとばかりに「おれは眠くないから、眠っていいよ」と言ってくる。姑息にもわたしに、「一度眠ってみたら、大丈夫だった」という成功体験を積ませようとしているのである。ふだんだったら絶対に寝ない……ところだったが、そのときばかりは、身体のほうが先に限界だった。ついにうつらうつらしはじめて、わたしは、ぼんやりと考える……じゃあ、もう、死んでもいいか……。バラバラに死ぬよりは、ふたりいっぺんに死ぬほうが……怯えながら死ぬよりは、眠ったまま死ぬほうが………。

そうしてつぎに目を覚ましたときには、自宅の駐車場に着いていた。わたしを殺さずにすんだ運転席の夫は、なにか得意げにエンジンを切り、ごていねいに助手席のドアを開けて、わたしをエスコートまでしてみせた。

ここで起きている、わずかなズレ。夫が、「やっとおれの運転を信頼してもらえたのかもしれない」ぐらいに思っている一方、わたしは死ぬ覚悟までしている。夫の運転が安全だと思ったわけでは到底なく、ただ、いたずらに夫の提案をそのまま受け入れ、その最悪の結果まで受け入れると決めただけ。それははたして信頼と呼べるのか。

夫への信頼について考えるとき、思い当たることがある。

デリカシーがなく、しばしばいらんことを言ってくる悪友がいる。いい友だちだが、いいやつではない（真逆の人もよくいる）。そいつが結婚以前からよく、「君の彼氏も浮気のひとつやふたつするかもよ」などと言ってわたしをからかう。結婚するまでは、「う〜ん、そうかな、そうなったらどうしようかな……」と歯切れの悪い返事をしていたわたしだったが、それが結婚してしばらく経ったのち、

「君の夫も浮気のひとつやふたつ、するかもよ」

「しないのよ」

と即答するようになったので、悪友はその変化を気味悪がっている。

「いやそれ怖いんだよな。急になに？」

「しないのよ。わたしはね、もう、これでいくのよ」

そう、もう、これでいくのだ。

実際、夫はわたしとは別の、かつ日々変化し続ける人間であって、夫がなにをするとも、なにをしないとも言いきれない。それは不安といえばいつでも不安だが、わたしがそのことについて予測を立てようとしても意味がない。だからどこかで覚悟を決める。これまでが大丈夫だったからと言ってこの次も大丈夫であるわけがないが、思い切って「これまで」が続くほうに賭けてみる。これは、ほとんど信頼といっていいのではないか。ちょっと乱暴で、つたないけ

れど。

　ところで、夫は肉を捨てない。わたしから見ると変なにおいがしていても、ばりばりと食べる。はじめはそれを見て心底ぞっとしていたけれど、しだいに、わたしも少しずつ食べてみるようになった。そのときも、「わたしはいま腐った肉を食べているな」と思っていないと言ったらうそになる。けれども、夫が大丈夫だというから、ともかく口に入れて、飲み込む。それでお腹を壊したり、最悪食中毒で入院するはめになったりしても、自分で責任をとることができるからだ。浮気されたとしてもそう、した方にはした方の責任があるとしても、わたしもわたしで信頼しただけの責任をどうにかとるのだろう。それは、あとになって「やっぱり信頼しなくてよかった」と言いたくなるのをこらえて、「わたしは信頼したけれども、裏切られた」と言い切ることであるかもしれない。裏切られただけの痛みをうけることであるかもしれない。

　でも、生き死にの話となると、それがそう身軽にはいかない。死だけは、他のこととは比べものにならないほど不可逆で、生命でもって責任をとらされるのはさすがにイヤだ。どれほど鷹揚にかまえていようとしても、そこでつい力が入る。自分が正しいと思う方に踏みとどまりたくなってしまう。

次に車に乗るときも、わたしは目をどうにか開いていようとして夫を苛立たせ、ときに悲しい気持ちにさせるだろう。そこで、やっぱりどうしても夫を、ひいては他人を信頼しきれない。おかげでけったいな勧誘にひっかかったりしづらそうなのはいいけれど、どこか、さみしいような、なさけないような気もする。

そう思うと、あのとき、助手席でぐったりと眠りについたときの、もうろうとした意識の身軽さが、なつかしい。「死んでもいい」と思うなんて、夫の望む信頼とはたしかに少しズレているけれども、しかし覚悟を決めることを信頼とするならば、それ以上の信頼があるだろうか。健常な意識からは、どこか、あこがれさえ覚える。異常なほどの、剥き出しで丸ごとの信頼。それが眠気にまかせていっときわたしの身体に降りてきた、という、おぼろげな記憶がまぶしい。

わたしは想像する。夫の運転にゆられて眠りにつき、大きな衝撃で目を覚ます。次の一瞬にはもう、わたしたちは終わりだ、とわかる。そして、ああ、死んでもいい、この人を信頼して死ぬのなら、ここで終わりでいい、これでいい、と思う。本当にそうなるかはさておき、ぞっとしながら、しかしうっとりと想像する。

おおむね、ね（笑）

国語教室の生徒が作文コンクールで賞を獲った。なんとささやかな賞金まで稼いできた。教室に通うまではとくに作文が好きでも得意でもなかった彼女が、自分で新聞の広告を見つけて「これに出してみたい」と言いだし、まじか、そりゃ書こうよ、なんて言って出した賞だったので、わたしとしては書き上げて提出しただけでひとつ達成、もし賞に引っかからなかったとしてもその達成に比べたら大したことではない、と思っていた。そのことをどうやってわかってもらおうか……と心配して、わたしがこれまでに落ちた詩の賞のリストを引っ張り出していたくらいだったのだが、あっさりと受賞してしまった。

よかったよかった、と思っていたら、その数週間後、その子が別の作文を持ってきた。どことなく気まずそうにしている。新しく作文の教材を買ってもらい、通信添削を試してみたら、「C^-」の評価を付けられたという。見せてもらうと、細かな語法の違いや常体と敬体の揺れ、漢字のミスで減点されまくっていた。「内容は悪くないんだから、そんなに気にすることないよ」と話をしたけれど、賞との落差もあって、やはりショックだったらしい。

ううう、せっかく乗ってきたところだったのに……！

と、内心恨み言を言いつつも、しばらくこのことで反省している。わたしの作文の指導では、なるべく下書き→清書のプロセスを踏むようにしていて、下書きでは言葉の間違いをそこまで指摘しない。書かれている途中の文章には勢いが、音楽家の友人たちに倣ってカッコよくいえば「グルーヴ」が必要で、それを乗りこなして次へ、次へと書かなければいけない。そこを、いちいち小さな間違いを指摘することで細切れにしてしまうように思えるのだ。指導をしているわたし自身、見てすぐにわかる間違いを指摘することで、肝心の内容について何も言えていないのに指導した気になってしまうのを厳しく押し留めるためでもある。正しい（というのも怪しい表現だ）言葉づかいというのは極端にいえば、書き手のためではなく、読み手の読みやすさのためにすぎない。文章が読み手と書き手との共有物であるとしても、行きつ戻りつしながらいっぺん書き上げてみるところまでは書き手のもので、そこから清書する段階でようやく読み手に対して開いていけばいい、というくらいに思っている。

だから、下書きの段階ではおおむね合っていればそれでいい、ということにしてきた。赤字の「C」が、そのしっぺ返しであるように思えたのだ。実際、「正しい」かどうかはともかく、伝わるかどうかはやっぱり大事な部分でもある。内がわのグルーヴに逆らわずに書きつづけることを優先しようとするあまり、そこを彼女に伝えずにきてしまったかもしれない。反省だった。

作文にかぎらず、最近はこの「おおむね合っていればそれでいい」というので暮らしがちだ。グループＬＩＮＥの通知が来る。幼稚園の幼なじみ連中のＬＩＮＥで、うちひとりの第二子の性別がわかった、という連絡である。

五歳のころから家族ぐるみでつるんでいるものだから、誰かが結婚したり、子どもができたりするたび、お互いになんとなく感慨深い。はじめはみんな名古屋に住んでいたけれど、わたしは十一歳のときに東京に転校した。そのまま思春期に入ったせいで一時期は猛烈にさびしく、自分だけが違う人生を歩まされているような、置いていってしまったと同時に置いていかれてしまったような思いがした。しかしいまとなっては、全員就職や結婚であちこちに散り散りになり、しかも大人なので会おうと思えばいつでも会える。そうなるともう、どこにいようとそんなに関係がない。

そしてそれ以上に、年をとって、みんなおおむね同じに見えるようになった。たかだか幼稚園が同じだったぐらいの仲だから、そこまでこの連中と価値観が合うわけでもない。学校も、仕事も、ふだん遊ぶ人の感じもぜんぜん違う。そういうところから来る違い、たとえば、SNSの使い方や、好きなアーティストや、アルバイトや恋愛の違い、が、十代のころにはあんなにきりきりと際立って思えたのに、今となってはどうでもいい、ささいなことに感じられる。だいたい同じ世代で、だいたい言葉が通じる。まあ、それでよかろう、というおおざっぱな態度が、いつからか自分のなかに生まれているのである。高校や大学の同級生に対しても同じで、あんなに自分と異なって思えたのに、今となっては誰を見てもおおむね同じに思える。

誤解かもしれない。年をとって単に鈍感になってしまったのかもしれない。こういう態度が、うっかり他人と自分とを混同させ、理解し得ないところまで理解した気にさせて、誰かをひどく傷つけたりするのかもしれない。しかし、ともかくこのところはおおざっぱである。そして以前よりはるかに、日々が気やすい。

第二子は男の子であるという。報告を受けて、ほかのメンバーが次々とLINE上にあらわれる。とにかく返信の早い連中なのだ。そのなかには、結婚していないものも、わたしのように子どもを持つ予定がないものもいる。その女たちが、寄ってたかってスタンプを貼り、おめでとうおめでとうと騒ぐ。なにかわたしまで少しうれしいと思う。憶測だけれども、みんなそのように少しうれしく思っているのではないか、と思う。

しかしこのあいだは、会社の打ちあわせで上司に「おおむねそうです！」と答えたら、変な感じになってしまった。

「つまり、くじらちゃんはこんなふうに考えているということ？」

「おおむねそうです！」

「うーん、おおむね、ね（笑）」

こんなに元気よく肯定したのになにが（笑）じゃい、と思って食い下がると、「わざわざ『おおむね』と言われると、いくらかは違うということを表明されているように思う」との回答が得られた。いやいや、でも、おおむね合っているほどすごいことはないじゃないですか！　と不服に思う。結局まったく同じになることがないのであればなおさら、（十代のわたしのように）なにが違うかを云々することに終始せず、なにが同じかを語るべきではないですか！　それだけが断絶を克服する手段なのではないですか！　なんだか、思春期に置いてきたはずのシビアさがぬっとあらわれ、二十八歳の平らかな日々を否定されたようで、ついやっきになる。

しかし、よくよく自分の行いをふりかえってみれば確かに、そんなにも「おおむねそうである」ことにこだわるのであれば、単に「そうである」と言えばいいのだった。小さな違いがあったとしても「同じ」でいいと、わたしの方でひとりで認めてしまえばよかったのだ。しかし、そこの一線を越えることにまだ抵抗がある。小さな違いの話ばかりしていてもしかたない。けれども、それを見過ごして、なかったことにしてしまうのもやっぱり違う。「おおむねそうである」という気難しくて弱腰な合意を重ねていくことでしかできないことを、どうしても探してしまう。

生徒は一応、次も書くつもりでいるようだった。

「次は下書きしてから書こうよ。下書きで間違えて、清書で直せばいいから」

結局そのくらいのことを言う。「言葉なんて自由なんだから、好きなように書けばいいじゃん」というのも、「正しい言葉で書かなきゃだめだよ」というのも楽だが、そうしないように踏ん張っている。わたしは、これから彼女の言葉がどんどん他者に開かれて、遠くまで伝わっていってほしいと思っている。それでいてどこまでも自由に、書きたいままに書きつづけてほしいと思っている。わたしたちは異なっていて、しかしおおむね同じである。おおむね同じでありながら、しかし異なっている。そのどちらにも偏らずに語るためには、どうしたらいいだろう。またも音楽家たちに倣って、こんなふうに言ってみるのはどうだろう。グルーヴしろ。内がわのグルーヴを、外がわに向かって開け。同じところと異なるところ、それぞれに重なり、響きあって、さびしいわたしたちを、次へ、次へと運んでいけ。

俺は論理的に話したいだけなんだけど、彼女はすぐ感情的になって

と言われると、むっ、と思う。どれほどふだん信頼している相手であっても、ここから先は少し用心して聞かなければいけないぞ、という構えになる。

「彼女はすぐ感情的になって、困るんだよね。そうなるともうこっちの言うことも聞いてくれないし、会話が成立しなくなっちゃう」

とこぼしたのは男友だちだ。恋人とのコミュニケーションがうまくいかないという。肩をすくめるようなその調子からは、単なるその場のコミュニケーションのすれ違い以上に、恋人の態度にほとほと困らされている彼の日常的なありようが見て取れる。その、「だけ」というのに、わたしは興味を惹かれる。「自分は、そこまで過大な要求をしたり、彼女にひどいことを

しているわけではないよね？」と確認するような、「だけ」。

「彼女のほうも、感情的になりたいわけではなくて、普通にあなたと話したい『だけ』なんじゃないの？」

そう言うと、うーんと言う。まあ、言いたいことはわかるが、実際そううまくいくわけではないんだよね、の、うーんだ。

確かに、わたしもそう言いたくなるときはある。まず、わたしも論理のことが好きだ。子どもに読み書きを教えている身であり、自分自身も文章や詩を書いていて、論理のことはときに美しい建築やベースラインのように、ときに心を許せる先生のように思っている。どんなにさやかな文章、また情緒的な文章だったとしても、そこに通底する論理がなければ、読んでいても愉しみがない。なにより気持ちいいのは、頭の中で考えていたことにすらっと一本の線が通るときだ。混沌とした事象が、ぱちっぱちっと音を立てるようにつながって、自分の考えがとても自然に、スムースに感じられる。

しかし、それが会話のなかで起きたとき、ふと相手の言っていることが分からなくなることがある。最初の地点からひとつずつ普通につなげていけば必然わたしと同じ結論になるはずなのに、この人はさっきから何をめちゃくちゃなことを言っているのか、と思う。しかしその分からなさとは裏腹に、相手の気持ちや思惑のほうばかりが声色や言葉尻からびんびん伝わってきてしまったりする。わからないのに、痛いほど、わかる。それがまた疎ましく、居心地が悪い。それで、「なんだ、要するにおまえはさびしいだけじゃないか！　だからって論理的でないことばかり言いやがって……」となるわけだ。

ところで、六年生の塾生は作文を書き上げた。テーマは、ずばり「可愛い」について。掲載許可をもらったので、以下に冒頭を抜粋する。

いとこの家に遊びに行ったときに、車から道路と道路の真ん中にある芝生でシルバーカーにすわり、ひとりでお茶会をしているかのようにゆっくり、のんびりとお茶を飲んでいるおばあちゃんが見えた。そのおばあちゃんを見て私は可愛いと思った。
そもそも可愛いとはなんだろう。私はふだん流行りのふくやふくのくみあわせ、かみがた、メイク、イラストだったりとかそういう物を可愛いと思っている。ところがおばあちゃんのふくもかみも可愛くはなかった。

おもしろい書き出しだと思う。生活に基づいていて、しかも当たり前に信じられていることをきちんと疑い、読者をどきっとさせる。想像されるおばあちゃんの姿、「ひとりでお茶会をしている」なんていう表現にもおかしみがある。

ところが、ここまで書いて筆が止まった。「自分でも可愛いとはなにかわからないまま書きはじめてしまって、どう続けていいかわからない」という。そういうときには、少し話をする。

「おばあちゃんの服も髪もかわいくはなかったけど、でも可愛かったんだよね？」
「うん」
「可愛かった理由はわからなくても、可愛かったなあ！　という気持ちは◯◯さんのなかにあるわけだよね。それがどんなふうだったかをそのまま書いてみたら？」

すると、こんなような内容の続きが出てきた。「おばあちゃんを可愛いと思う気持ちは、赤ちゃんを可愛いと思う気持ちと似ていた。赤ちゃんとおばあちゃんには、無邪気さという共通点がある」……なるほど。分析が何歩か進んだ。

そこで、本人としてはかなり、発見！　という気持ちになったらしく、「できた！」という。

けれども、まだ終われない。このときわたしが考えていたのは、彼女の題材で大切なのは、

「おばあちゃんが可愛かった」という具体的な体験以上に、「ふだん可愛いと思っていること以外の『可愛い』を発見した」ことのほうなのではないかということだった。そしてそこには、どんなにささやかだとしても、なにかしら論理があるだろうと思っていた。


「うーん。もうちょっと書かないと終われないかも！」

「えー。もう書くことないよ」

「でもね、この文章は、『そもそも可愛いとはなんだろう』という疑問からはじまっているよね。『おばあちゃんの可愛さとはなんだろう』という疑問からはじまっていればこれで終われるかもしれないけど、これだとまだ最初の疑問に答えていないよ」

「たしかに」

「というか、この書き出しから読みはじめたら、どんな内容でもいいから『可愛いとはなにか』になにか答えがほしくなるよ」

「たしかに……なんか、可愛いにはいろいろあって、ぜんぶ違う感じなんだよね……」

「おお？」

「服とかは、これが可愛い！　って決まってるって感じ。でも、おばあちゃんは、ただ、そこにいて、可愛い、って感じ」

「決まってるって、誰が決めるの？」

「インフルエンサーとか、世間の人……」

「あっ、そうなんだ、たしかに、インフルエンサーはあんまりおばあちゃんのこと可愛いって言わなそう」

「（笑）」

「じゃあ、誰かに決められた可愛いと、そうじゃない可愛いがあるってことだね」

「うん、『思う』可愛いと、『感じる』可愛いがあるって感じ」

「えっ、それめっちゃいいじゃん！」

いくらか省略してはいるが、おおむねこんなやりとりを経て、作文はこのようにしめくくられた。


「思った」というよりも「感じた」のだ。自分の体が勝手にそう感じ取ったのだ。つまりは、可愛いには、「インフルエンサーや世間が決めた理屈がはっきりあって頭で『思う』可愛い」と、「何か無邪気なものを見て、身体で『感じる』可愛い」がある。

わたしはこの文章とプロセスとを、とても論理的であると思う。もちろん構成や細かな表現には直せるところもあるけれども、自分が漠然と感じたある事象に言葉を与え、筋道を与えて、共通点を探して比較し、分析し、分類し、自分の立てた問いに答えるとき、彼女のなかで働いていたのは論理の力にほかならない。

そして、こうも思う。よく、論理的であることと客観的事実であることが混同されるけれども、実際のところ、その両者はイコールではない。「自分はかくも論理的である！」と思っているときにはそれこそがただひとつの事実のように感じやすいけれども、論理というのはむしろ、混沌とした事象にどのように線を引くか、ということであって、それは凛と立つ主観そのものではなかろうか。

事象はいつでも混沌としている。わけもなくおばあちゃんは座っており、そして、わけもなく、「可愛い」と感じる。そこに、どうにか仮説を立て、ある筋道を示した。それは主観であって、なおかつ論理である。そうであってこそ、インフルエンサーの言う「可愛い」とは別の「可愛い」、誰にも共感されないかもしれないが確かにある「可愛い」を、論理でもって自分のなかに樹立することができるのではないか。

と思えば、誰かとの話が噛み合わなくなっていくときには、自分がいかに論理的であるかを考えるよりもむしろ、相手がいかに論理的であるかを考えるのがいいかもしれない。ひとつの混沌とした事象に、二本の線がどのように引かれているのかを、ふたり眺めてみるといいのかもしれない。

もし、今度誰かに「俺は論理的に話したいだけなんだけど」と言われたら、そんなふうに話してみよう。想像してみる。

「俺は論理的に話したいだけなんだけど、彼女はすぐ感情的になるんだよね」

「うんうん、でもさ、このあいだ作文を教えながら考えたんだけど、論理というのはかぎりない主観であってさ、同じ事象であっても人それぞれに論理はあって、でもその論理がそれぞれ違うわけじゃんね？」

「……あのさあ、俺は彼女のことを話しただけなのに、女性全体を悪く言われたように思えたからって、そんなに感情的にならないでよ」

うーん。まあ、実際そううまくいくわけではないんだよね。

ちなみに、詩を書いていると話すと、ときどき言われること。

「詩は、論理じゃなくて感覚なのがいいですよね！」

これも、むっ、と思う。言わんとすることはわかるが、それだけではない。

背後　石原吉郎

きみの右手が
おれのひだりを打つとき
おれの右手は
きみのひだり手をつかむ
打つものと
打たれるものが向きあうとき
左右は明確に逆転する
わかったな　それが
敵であるための必要にして
十分な条件だ

そのことを確認して
きみは
ふりむいて　きみの
背後を打て

これなんか、論理そのものじゃないか。そして、それが詩的なおもしろさに直結しているじゃないか。

飢えなのです

仕事をひとつ終え　眠りたいと思いながら
ナスを切って焼きつけて煮込み
ししとうと竹輪を照りいためて
ついには一睡もせず　つぎの仕事は
詩を書かない人たちが詩を書く時間の
お膳立てをすること
こんなときには
ぱっちんと鼻の向こうまで甘い
それでいてレディ・メイドでない
冷えた液体がどうしてもほしい

初夏をむかえるたび行う
梅をシロップに漬ける儀式は
ありふれたこんな飢えのためなのです
ぶ厚い瓶をあけると
すでに新鮮ではない　しかしまだ清浄な
果汁の重たいにおいが立つ

せいかつのなかに
詩がある
という人は
詩が
せいかつよりも
逼迫した　希少なものだと思っているらしいが
本来　詩のなかにせいかつがある
というほうがただしい

いきれる詩の渦にあえぐ日々のなか
せいかつは逼迫して希少
シロップに
氷が融けて対流する
グラスのおもてに滲む汗が
張力を失くして転げおちる
くちびるを寄せればばっちんと冷えて
飢えなのです

合理的に考えて、死んだほうがマシである

夕方、エスちゃんから電話がかかってくる。大学時代の悪い友だち。ふたり寄りあうとよそではいわない意地悪なことをいい、お互いの人生の不満を代わる代わる協議し、最終的にはなんとなく励ましあう、そのぐらいがちょうど心地よく、なんだかんだこの年になってもつるんでいる。

たいして会わないが、電話ばかりときどきする。結婚するまではそんなことはだいたい夜に行われていたのが、昼は仕事、夜は家事もあるしだいたい夫もいる、というので、このところは夕方が代わりにその役割を果たしている。エスちゃんもそのことを承知していて、夕方を選んでかけてくる。

お互いに、おっ、とか、んん、とかいうことであいさつが済む。やや間があって、エスちゃんがいきなり「どうですかあ!」と発声する。「どうですかあ! 最近は!」これもあいさつ

の一部みたいなもので、生真面目に近況を話す必要はない。「おれ？　なんもないよ」と答える。エスちゃんとわたしとは、話すとき互いに一人称が「おれ」になる。「あなたはどうなのよ」

「おれはねえ！」とエスちゃん。「おれはねえ、もう、ダメですよ…………」

ということで、これはたまにある「もうダメですよ」の電話なのだった。

エスちゃんもわたしも、ときどきもうダメになる。自分のことを棚に上げて言うけれど、もうダメなときのエスちゃんはめんどくさい。なまじ頭の回転が速く、かつ考えすぎる性質のせいで、たいていの励ましやアドバイスはすでに自問自答のなかで完了していて、わたしがなにを言ってもエスちゃんのなかですでに終わった論点を超えられない。それでもなんとかエスちゃんを元気づけようとすると、なぜかその完全武装状態のエスちゃんを言い負かさないといけなくなる。しかも始末の悪いことに、この人はわたしの知る限りの誰よりも口喧嘩が達者なのだ。

それで、最近はあんまり正面から受けない術を身につけてきた。エスちゃんはいかにもうダメかを並べた末、最終的に「合理的に考えて、死んだほうがマシである」というので、「ふふーん」と答えた。この、笑っているような、うなずいているような、それでいて何も分かっていないような微妙な声だけがエスちゃんの反論を免れることができるのを、数年かけて覚えたのである。

「でも、いまは親が旅行に行ってるから、いま死ぬと気の毒なんだよな」

「ふん」

「でもべつにおれは死ぬんだし、そしたらもう気の毒とかよくない？」

「ふへーん」


中学生のころぐらいから、なぜか死にたい人間の話をよく聞く。しかしそうとは思えないほど、ぜんぜんうまくなっていないな、と思う。第一に、いつもあれだけ罵りあっているエスちゃんにさえ、「死にたい」といわれて動揺している。

高校を卒業するまでにわたしに死にたい相談をしていた何人かのうち、ひとりははちゃめちゃな絶縁に至り、ひとりは死んだ。それでうんざりなってしまってしばらくまともに人と接する気力を失っていたが、結局類は友を呼ぶということなのか、それでも死にたい人間ばかり周囲にやってくる。それで、諦めて勉強をすることにした。大学でカウンセリング概論を履修し、自分でもカウンセリングを受けてみた。ふむふむ、シンパシーとエンパシーとを区別する。傾聴、ね、たしかに。そのうちグリーフケア（悲しみのなかにある人をサポートすること）の団体にインターンとして加わり、仕事に立ち会って、支援する立場の人たちの研修にも参加した。なるほど、なにより前にまずセルフケア、そしてセルフ・アウェアネス。回復のプロセスは一直線ではなく、常にしんどいところと大丈夫なところを行き来していいし、自分の痛みを無理に乗り越えようとせず「ままに」受け止めていい。なるほど、なるほど。ケアにかかわる講演会や勉強会にも参加したし、本もあれこれ読んだ。

何事も勉強というのはしてみるもので、そのうちなんとなく、相手との間に線引きができるようになってきた感覚があった。相手が元気になるかどうかは相手の問題であって、わたしの問題ではない。そう思うと無力感に苦しむことも減ったし、過度にセンチメンタルな関係になったり、相手を責めてしまったりせずにすんだ。とくに教えている生徒の話を聞くとき、この技術は大いに役に立った。

ところが、である。いざ親しい友だちの死にたさと向かいあうと、それがまるで効かない。できるようになったはずの線引きはすぐに崩れて、わたしは簡単に動揺する。知識も言葉も、相手のほうまで通っていかず、発するそばから床にこぼれていくように思われる。一度、エスちゃんとも摩擦を起こした。その日のエスちゃんはいつも以上に好戦的で、「どうしたらいいと思う?」と聞いてくるわり、わたしの提案をひとつずつぼこぼこに言い負かす。大らかに構えることを覚えたはずのわたしの身体もつられて前のめりになり、傾聴やらエンパシーやらがどんどんばかばかしい御託に思えてくる。もう、ああ、ほんと、めんどくさい！

ついに完全にむかついてしまい、思いきり言いかえしたことには、こうだ。

「あのさあ！　エスちゃんの話聞くの、他の人の話聞くのとぜんぜん違う。なんで？　おれなりに培ってきたやり方みたいなものがなぜかあなたにだけぜんぜん通用しなくて、なに言ってもかわされて、言いかえされて、調子狂うよ。……考えすぎなんじゃないの？」

最悪だった。テクニックはおろか、自分が死にたいときは絶対に言われたくないことばかり。自分がこれまで失望させられてきた大人たちの助言が、自分の言葉の上に重なって見えた。エスちゃんは急にへらへらして、えー、すいません、別にいいよ、とか言っていた。なんじゃそれ。

死にたい話を聞いていると、基本的には自分に似ていると思ってきたエスちゃんのことがぜんぜんわからなくなる。どんなふうにしんどいのかもわからなければ、どうなりたいのかもわからない。そしてなによりも、何ひとつ解決できないわたしに、どうしてその話をするのかがわからない。

「死にたい」と友だちに話すというのはなんだろう。大切な相手であればあるほど、つい原因を探して解決してやりたくなるけれど、それはほとんどの場合聞き手の仕事ではない。それでいて、「ただ話を聞いてほしいだけ」と割りきってしまうのは、ひどい矮小化であるように思える。そのことを何度も自分に言い含めながら、しかし、それならいったいなんだろう。そのあいだに、わたしたちはなにを求めているんだろう。

家でご飯を食べながらテレビを観ていて、わたしが突然泣いたので、夫はぎょっとして箸を置いた。

「えっ、なに？　今なんかあった？」

「かわいそうだよ～」

「えっ？」

そのとき流れていたのはドッキリの番組で、男性の芸能人がターゲットだった。ドラマの撮影で、その男性は銃声を合図に池に飛び込む演技をしなくてはいけない。そこで、男性だけに聞こえるように銃声が流れる。男性は当然飛び込むが、他の俳優たちには銃声が聞こえていないため、彼が誤ってフライングをしたように見える。そしてなんと、現場にいる人たちもこれがドッキリであることを知らない。何度も同じことが繰り返され、彼は自分にしか聞こえない銃声を信じては、池に飛び込む。そのたびに怒られ、釈然としないようすでありながらも頭を下げて謝り、周りを待たせながら濡れた服を着替える。何度も同じシーンをやらされる大御所俳優がうんざりして、「またかよ」「いい加減にしてくれよ」「おかしいんじゃない？」とぼやく。

これがどうも、わたしのへんな共感の琴線を刺激した。わたしはおおむね全身がぼーっとしているが、なかでも特にぼーっとしているのは耳だ。ちょっと意識が逸れると、電車のアナウンスや、かかっている音楽、自分の名前を呼ぶ声までまるで聞こえなくなる。それで電車を乗り過ごしたり、会話にうまくついていけなかったり、あれこれと怒られたりするのはしょっちゅうのこと。「自分にだけ聞こえない」は「自分にだけ聞こえる」に容易に重なり、現場のピリピリした空気もあいまって、自分が責められているように悲しくなってしまったのだった。

ところが、しばらく気の毒さに耐えているうち、だんだん気分が変わってきた。同じ流れを三度、四度とくりかえしていると、ふしぎと「これはこの人だって悪いよ」という気持ちが湧いてくる。さっきまで泣いていたくせわたしは激昂し、「ねえ、そう思わない⁉ 銃声じゃだめだと思ったら、やり方を変えて視覚的な合図を出してもらうなり、すぐ近くで一緒に聞いてもらうなり、なんか工夫すればいいじゃない！ ねえ⁉」と訴える。夫は一度置いた箸をいつの間にかふたたび持っており、なにかもぐもぐやりながら「そんな気持ち入れて観なくてもいいじゃない」と言う。「君のことじゃないんだし」

怒りむなしくターゲットの男は何度も池に飛び込み、ついにマネージャーを通して念を押すように怒られる。大人の怒られ方は見ていて怖い。わたしはといえばふたたび泣きの機運が戻ってきて、涙ぐんでいるくらいだったのが、いよいよ号泣という感じになってきた。

そこで突然、夫が怒った。テレビにではない。わたしにである。

「あー、もうチャンネル変えようよ。そんなつらい思いしながら観るようなテレビじゃないよ」

急に自分に矛先が向いたわたしは衝撃を受けつつ、「でも、ドッキリでしたごめんね、まで観ないとずっといやな気分になりそうだから……」と謎の弁明をするのだったが、夫はまだ不快そうにしている。くりかえすがテレビにではない、わたしに怒っているのだ。気まずくテレビは流れ、混乱しつづけるターゲットの男と、これまた混乱しているわたし。唯一期待していた「ドッキリでしたごめんね」にもさほどすっきりすることはなく、結局もやもやしたまま番組も終わり、食事の時間も終わった。


この一連の不可解なできごとは、よくよく思い返してみるとおもしろい。わたしは池に落ちるターゲットの男にまず親近感を抱き、いっとき自分との線引きを見失った。そうすると、男の居心地の悪さが「自分のことのように」つらい。しかしそのつらさが限界に達すると、今度は男に腹が立ってくる。「男が悪い」という立場に立つことで、自分と男をどうにかして切り離そうとしていたのだろう。わたしならこうはならない、これは避けられない理不尽ではなく、この人の招いたことである、だから、わたしが悲しむ必要はない、というふうに。しかしそのあとも、振りほどこうとした共感の影に追いつかれるようにして、また悲しくなってしまった。

そこで、夫が怒った。おそらく、わたしが悲しんでいることのつらさが限界に達して。気のやさしい男だから、わたしが泣いていると、同じく「自分のことのように」つらいのだ。そしてそのつらさを、「気持ちを入れずに観るか、はなから観なければいいのに、どうしてそうしないのか」とわたしを責めることで、自分から切り離そうとした。

「他人の悲しみを自分のことのように悲しむことができる」というと一見美徳のように思われるけれども、しかしその結果がこれだとしたら、わたしたちはなんとうまくいかないものだろう。どちらかといえば悪徳に近いのではないか。

エスちゃんにむかついたこともそうだった。本当はなにより、エスちゃんが死のうとしていると、聞いているだけのわたしにとっても痛いのだ。基本的にはわたしと似ているエスちゃんの痛みに、わたしの痛みは誤って呼び起こされる。エスちゃんに死なれることへのおそれもそこに加わる。喪失の重い気配がして、どこか冷静でいられない。

けれども本当の本当には、ケアの知識を仕事に活かすとか、誰の相談にも健やかに乗れるだとかいうことよりもずっと前に、こんなふうに友だちの痛みの前に立たされて言葉を失うときのために、知識が欲しかったのではなかったか。

それで、むーん、とか、ふひん、とか言って、ごまかしている。ぜんぜんうまくなっていない。いつまで経ってもうまくならない。誰かが大切になるというのはなんだろう。大切になればなるほど自分も痛くなって、描くなっていく。それでいて、知識やテクニックはいらない、ありのままに思いを伝えればいいなんていうのも、違う。それならいったいなんだろう。そのあいだに、わたしたちはなにを求めているんだろう。また同じ問いに戻ってきてしまうように思う。どうして、このあなたはこのことを、このわたしに話すんだろう。それがいつまでもわからないまま、わたしたちは話している。

エスちゃんは、「こんなにいつまでもしんどいのであれば、早く死んでしんどさをゼロにしたほうがいい」とくりかえす。わたしがなにを言っても、言わなくても、その結論は変わらない。何度目かでわたしは笑って、このように答えてみる。

「そんな簡単にゼロにならんでしょ。あなたが死んだら、あなたが今しんどいぶんと、あなたがいなくなっておれがさびしいぶんで、差し引き赤字よ」

勉強したことのなかに、こんな脅しをかけることは、なんと書いてあったっけ。

「いや、そう聞くといい感じですけど、なんでおれだけが君の赤字分を負担しないといけない？」

「ばれたか」

さすがにするどいエスちゃんである。

別になにも解決しないまま、電話は終わる。いつもそうだ。これで死んだらいやだなあと思うが、無根拠に死なないほうに賭けている。いくら「自分のことのように」悲しくても、エスちゃんのことはわたしのことではないから、そうするほかない。いまのところはその賭けに勝ちつづけてきた。

「またねん」というと「はい、はい」とエスちゃんは二度答えた。

わたしは、その顔あんまり好きじゃないな

夫とふたりソファに掛けてテレビを観ているとき、実際のところ半分ぐらいは夫のことを見ている。というと性愛に浮き足だった新婚しぐさに思われそうだが、実態はもっと冷めたもので、単にテレビに退屈して、ひとりものも言わず暇をつぶしているのである。番組自体がつまらないというよりは、テレビを観つづける身体ができていない。テレビをほとんど観ずに育ったわたしに対して、夫の実家ではつねにテレビが点いていたという。それで、テロップと音声情報とをそれぞれどういう優先度で処理するか、ＣＭの前後で同じことをくりかえすのをどう受け止めるのか、なにが「笑え」の指示でなにが「泣け」の指示であるのか、一、二時間をどのような集中の配分で過ごすのか……というような、テレビ番組に特有の約束ごとが夫には備わっていて、わたしには備わっていない。どの芸能人がどうであるという基礎知識もない。それで、長い時間テレビを注視していると、時々わけがわからなくなってくる。そういうときに、

ふっと夫に横目を遣って、退屈をしのぐのだ。わたしなりの、テレビと共にある身体。ひいては、夫と共にある身体だ。

その点、生きている人間というのは見飽きない。微細とはいえ一刻一刻動きつづけ、さらに昨日と今日とでこれまた微細に異なっている。微細な変化というのはふしぎと、大きな変化よりもさらに深い集中に人を引き込むのだな、と思う。増えたり減ったりするにきびやカミソリ負けもおもしろいし、まばたきの多様な強弱もおもしろい。なによりおもしろいのは、見られていると気づいていない者の表情が、それでいながらあちらこちらへ動くことだ。一秒に満たない笑いや興味、いぶかしさや散漫が、かわるがわる夫の表情筋を訪れる。わたしには向けないようなぼんやりした顔、言っちゃなんだがぶさいくな顔をしていることもしばしば。はあ、ゆかい。ちょっとするとすぐに退屈してしまうわたしだが、この生命というもののなんとありがたいこと。これがあればこそ、わたしも夫がテレビを観る時間を一緒に楽しめるというわけだ。楽しんでいる〝ふう〟なだけで、実際のところはわたしは夫となにも共有できていないのではないか、といういじわるな指摘は、一旦脇に置いておくとして——

ところが、テレビを観ながら夫がする無数の表情のなかに、ひとつだけ嫌いなものがある。どんなにぼんやりしていようとぶさいくだろうといいのだが、その顔にだけは少し、オオッ、と引いてしまう。下唇を突き出して口をへの字にし、顔じゅうの力を抜いて少しうつむいた顔。けれども目だけはテレビを観つづけていて、下から睨みつけるような顔つきになる。それが、誰かに似ているような気がする。誰とはハッキリしないが、厳格で、気むずかしい、そして、わたしのようないい加減な暮らしぶりにはもっぱら理解を示さない、イマジナリー・誰か。そんな人は無数にいるのだからいいといえばいいのだが、しかしその影が夫に重なるのはなんとなくいやだ。他者に対するおそれに満ちたわたしの日常で、知るかぎりもっともおそれから遠い男である。夫がその顔をすると、わたしのわずかな安全圏が侵されたように思うのだった。

その顔、やめてよ、と言おうかな、と思う。でもまあ、正当な理由もなく、やめてよ、とだけ言うのもな。テレビも観ず、夫の顔からも目をそらして、袖口やなんか見ながら、わたしは考える。ぼーっとしてこの顔をしているくらいだから、なんらか夫にとってこの顔でいるのが楽であったり、心地よかったりするのだろう。それをやめてよというのもあんまりだし、なによりわたしが強制したみたいになるのがいやだ。しかし、なにか、言いたい。できれば、やめてほしい。その顔、へんだよ、と言うのはどうだろう。必殺、妻ならではの率直な指摘。よそでへんな顔になるのをおそれて、家でも気をつけるようになるかもしれない。

しかしその場合、どのぐらい真剣に言うことになるんだろうか。あまり深刻になってもお互い居心地が悪いし、かといって軽く「へんだよ（笑）」なんて言うのもな。「そう？　ふつうだよ（笑）」で終わるか、こちらだけが大上段から笑っているような無神経なからかいに思われるか、どちらのパターンも気に入らない。では、もっとていねいに、「わたしは、その顔あんまり好きじゃないな」と言うのはどうか。アイ・メッセージ、自分を主語にするというやつ、そうそう、わたしがなにを感じるかは自由なのだし、それを表明することもまた、自由であるはず。何回か、頭の中でくりかえしてみる。「わたしは、その顔あんまり好きじゃないな」「わたしは、その顔へんだと思うな」……。

だからなんじゃい。

と、急にテレビのチャンネルが変わって、はっと意識が戻ってくる。観ていたはずの夫の顔をうかがうと、夫のほうでもわたしの顔をうかがっていて、目が合う。わたしが脳内会議に集中して物静かになったために、すでにテレビに飽きているのがばれて、チャンネルを変えてくれたらしい。Eテレ「ピタゴラスイッチ」の陽気な音楽が流れだす。これなら君でも観られるだろう、と言いたいのだ。なめられている！　と思いつつ、間もなくまんまと「ピタゴラスイッチ」に集中するわたし（子ども番組のプロはすごい。すぐに退屈する者のことをよくわかっている）。夫は夫で、わたしとテレビとを共存させる方法を身につけてきている。

そのまま、顔のことはなにも言わなかった。その顔、へんだよ、わたしは、その顔あんまり好きじゃないな、ああ、どれも落ち着かない。なんともいえない、いやな響きだ。

しかしまあ、夫の撮るわたしの写真のほとんどはへんな顔をしている。これはわたしのぞんざいなふるまいも悪いし、夫のシャッターを切るタイミングも悪い。夫の写真に写るわたしは、口をあけたり枕で顔をつぶしたりして熟睡しているか、ぼけっとした顔でなにか食べているか、そして、ぐしゃぐしゃに笑っているかのどれかだ。

わたしは、自分の笑った顔が好きではない。どこかでいつも、自分は笑っているより、真顔でいるほうがいいのだ、と思っている。原因もわかる、母のせいだ。

子どものころ、母はわたしにカメラを向けるたびに、「あっ、笑わないでよ、ママふつうの顔が好き」と言った。アイ・メッセージ。おそらく、「ふつうに」過ごしているわたしを撮りたいのに、カメラに気づいたわたしがすかさず笑顔になるのがいやだったのだろう。いま考えれば予測がつくことも、そのときはわからなかった。そのあとついでに「あんたは元がきれいだから、笑ってないほうがかわいい」と言われるのも、いまになればずいぶんな褒め言葉だが、子どもとしてはよかれと思って笑っているわけで、どちらかというと貶されたようなニュアンスで受け取っていた。それで言われたとおり、写真を撮られるときにはあまり笑わなくなった。

さらに中学生くらいになってくると、今度は「なに、そのへんな顔。わたし、その顔きらい」と言われるようになった。アイ・メッセージふたたび。これもまた、どの顔のことなのかいまだによくわかっていない。言われるのはやはりカメラを向けられたときか、わたしが鏡を見ているときだ。おそらく無意識にコンプレックスを隠そうとして、わずかに表情が変わっているのだろう。母は言う、「ふつうの顔がいちばんいいのに」。部活の発表会で化粧をしても、友だちと撮ったプリクラの加工にも、母はいやな顔をした。もともとわたし自身、そこまで装うことにこだわりがなく、言い返すほどの意欲もない。そんなもんかねと思っていた。それで自然と、笑ったり、化粧をしたり、おしゃれをしたりしても、自分は美しさを損なうばかりなのだ、と思うようになった。まわりの女の子たちはそのようにかわいくなれるとしても、自分に限ってはなにをしても無駄どころか、むしろ悪い結果を生むのだ。

だから、夫の撮るわたしの笑顔には、いつもぎょっとする。こんなぐしゃぐしゃの顔が人目に晒されてよいのか、と思う。夫は気にしていない様子で、むしろねずみを獲ってきた猫のように、わたしに自慢げに写真を見せてくる。

鏡を見ながら、笑ってみる。歯を出してイーッと笑い、上品に微笑み、眉を寄せながら左の口の端だけでにやりとし、最後に口を大きく開けて爆笑ふうにする。どの顔も気に入らず、見慣れない。かといって真顔も。それから、下唇を突き出して口をへの字にし、顔じゅうの力を抜いて少しうつむく。目だけは下から、鏡を睨みつける。なるほど、自分でやってもひどい顔だが、確かに、頬から上がかぎりなくリラックスするような感覚があった。ふだん上唇から上の表情筋で保っている顔の重みを、こうすると下唇に預けて脱力することができる。口角が下がるし、力がこもっているようにも見えるけれど、やっている方はふしぎと眠くなってくる。そういえば、夫がこの顔のままうとうとしているのも見たことがある。それもまたわたしからするとちょっといやなのだが。

夫の写真の中でぐしゃぐしゃに笑う自分を見ていると、思う。子どものころ、わたしはべつに、笑って写真に写ってもよかったのだ。母には感じる自由があり、それを表明する自由もまたあったとしても、わたしにも自分の顔をしたいようにしておく自由があった。けれどもそれを阻んだのは、一見公平に見えるアイ・メッセージだった。大好きな母から「その顔きらい」なんて言われるのは、当然、いやなことだ。そのいやさが、フェアな一個人の意見を装いながらも、巧妙にわたしをコントロールする。

わたしの育ったのは、「褒める子育て」がブームになり、ゆとり教育がはじまっていく世代だった。母もまた、できるだけわたしを大らかにのびのびと育てるように気をつけていたのだろうと思う。母も、たいへんだったのだろう。自由や個性を抑えつけてはいけない、けれどもよい大人に育ててやりたい、その矛盾と戦いながら、かろうじてアイ・メッセージに頼ってきたのだろう。それでもなお母は、自分の思うよい表情を、あるいはよい我が子の像を、かすかな言葉の端でわたしに強いてしまった。おそらく、母自身望まない形で。

　であればいまからでも、わたしが手前勝手に笑っていくほかないのだ。


　母と同じ轍は踏むもんか。

　また、夫のあの顔を横目で見ながら、わたしは考えている。「その顔やめてよ」も違う、そしてそれが違うのなら、「その顔へんだよ」も違う、「わたしは、その顔あんまり好きじゃないな」も、当然違うのだ。危ないところだった。ちょっと顔がへんなくらい、どうってことない。夫を無意識でコントロールしようとしてしまうことのおそろしさに比べたら。わたしは笑うし、夫はへんな顔をする、それがいい。なにもかも夫の意識の外の独り相撲であるようにも思えるが、しかし夫の顔面の自由はわたしが守る。勢いづいて、横で同じ顔をしてやる。練習の成果を遺憾なく発揮、顔の上半分がリラックスしてくる。これだろう。この感じが、いいんだろう。もういい、存分にやれ。

　そのままテレビを観ていると、夫がふとこちらを向いて、言った。

「うわっ、なにその顔。めっちゃへんだよ。なんかすごいふてくされてるみたいになってるよ(笑)もう一回やって(笑)」

　はあ⁉

わたしはもう言葉もなく、うっかりてきとうに頷いて済ませてしまった。なんなら「えっ、わたしいまどんな顔してた？」ととぼけさえした。それでいて、「もう一回やって（笑）」に対してだけは頑として拒否した。おまえの真似だよ！

いま思えばあのときが、夫にあの顔をやめさせる絶好のチャンスだったかもしれない。この期に及んでそんなことを思う自分のこともいやになる。しかし、夫が見てもへんだと思うなら、やっぱりやめた方がいいんじゃないのか。それはもう妻というよりはひとりの友人として、夫に忠告してやるべきなんじゃないのか。

それで振り出しに戻って、結局、夫にはまだなにも言っていない。独り相撲は続く。

歌を歌っていましたか

もう秋も佳境に入ろうとしているのに磨りガラスの窓越しにギョッとするような青空が見えて、急いで外に出たら、建設中の向かいの家が巨大なブルーシートで覆われているのだった。向かいの家は引っ越してきた二年前から空き家だったが、今年の春先に知らない人がタオルをくれに来て、まもなく取り壊しの工事が始まった。ちょうどよくザラザラして、さっと濡れてすぐ乾く、なかなかわたし好みのタオルだった。

取り壊し工事の間じゅう、向かいにあるわたしの家も工事の振動にあわせて小刻みに揺れつづけた。ちょっとしたときにア〜とため息をつくとアゥアゥア〜とビブラートがかかるくらい揺れていた。工事があるのは日中だけなので、もっぱらひとりでいる時間に、ひとりで揺れる。なによりすばらしいのは昼寝をするときで、布団がずっとぶるぶる振動していると、揺りかごか長距離バスのようによく眠れた。昼間はそんなんよ、海の上みたいでおもしろいわ、と夫に言うと、夫が露骨に嫌そうな顔をして、それは困る、家の中のネジがぜんぶ緩んでしまう、というようなことを言ったので、感心した。わたしなどはただアゥアゥアゥアゥア〜とやっているだけで、そのようなリスクは考えもしなかった。すぐれた思考であることだなあと思いながら翌日も波に揺られて昼寝をした。

取り壊し工事にはもうひとつすばらしいことがあった。毎朝トラックでやってくる工事の人が、取り壊しながら歌う歌だ。それも知らない言語の歌だった。家で仕事をしながら、外から聞こえてくる外国の歌に耳をすますのは、そのうちわたしの楽しみになった。毎日続けば覚えられるかもと思いきや、これがまったくそうはならない。もしかしたら毎日違う歌を歌っているのかもしれない。だとしたら覚えられないことにも合点が行くけれども、耳慣れないメロディすぎてそんなことすらわからない。それでも、その歌はやっぱりよかった。失礼ながらそこまでうまい歌でもないけれど、誰に聞かせるでもなく歌う声が心地いい。心なしか、取り壊しのドカだかバキだかいう音にリズムが合っているのもよかった。

はじめ、剥き出しのまま家具を運び出され、板を外され、みるみる抜け殻のようになっていった家は、ある日シートで隠されてしまった。そのときはブルーシートではなく、白いシートだった。いよいよ家そのものが形をなくしていくフェイズに入ったようだった。このあいだまであった家が、シートの向こうがわで消えてなくなっていく。最初のうちは取り壊すようすも丸見えだったのに、いざ本格的に消えていくとなったら見えないように隠してしまうらしい。理由はわからないけれども、安全上のことなのか、作業を進める上でのことなのか、とにかくなにかしらあるのだろう。しかし、わずかにあいた白いシートの隙間から見える瓦礫や、柱の残骸のようなものや、土煙は、なにか残酷なものを連想させた。たとえば、毛皮や、内臓や、骨というような。やがて思う。安全や効率より前に、なにかが失われていくさまは、とてもおそろしくて見ていられないのではないか。だからわざわざ隠しているのではないか。

家の揺れはひどくなった。さすがのわたしもかすかに酔うようになり、夫はネジというネジを締めなおした。もはや何人いるのかもわからないシートの奥からも、歌声は聞こえつづけた。

昨年の夏、夫のおばあちゃんが亡くなった。わたしがはじめて会ったのは結婚前、お盆のお墓参りに行ったときだった。真夏の墓苑を向こうからゆっくり歩いてきた夫のおばあちゃんは補聴器をつけていて、わたしが一生懸命大きな声で挨拶をしたのが、聞こえていたのかどうかわからない。けれどもこちらを見上げてニコーッと笑い、こう言った。

「こんにちは。おばあちゃんでーす」

それで、わたしはいっぺんに彼女のことが大好きになってしまった。夫から聞くおばあちゃんの話もみんな好きだった。お寿司屋さんにいくと、食べんさい、食べんさいと言って大きな寿司ばかり孫たちに取ってくれる。補聴器をつけているのはいいのだが、なんだかめんどうな話にかぎって聞こえが悪くなる気がするとか。夫が小さいときには、かぼちゃを溶けるほど煮込んだ味噌汁を作ってくれた。もっと前には、彼女の生きた世代には驚くべきことに、「女性こそ一生働ける仕事を身につけなければ」というのが決まり文句で、三人の娘たちを教師と薬剤師に育て上げた。どんな話もやさしくて、したたかで、思い出話の中でかわいがられている小さな夫もまたおかしく、聞いているとうれしい気持ちになった。

夫のおばあちゃんには、それから何度かしか会えなかった。お葬式のあいだ、慣れない仏教式だったこともあってずっと緊張のさなかで、悲しいんだかなんなんだかわからなかった。訃報を受けてすぐに駆けつけた老人ホームで見た姿と、棺のなかにいる姿とのあいだには、どちらも亡くなったあとであるにもかかわらず、深い溝が横たわっているように思えた。そう、そのときも似たようなことを考えていた——いきなり形がなくなってしまうことはとてもおそろしいから、このように段階を踏むんだな。それが、この姿からきちんと伝わってくるんだな——冷静に考えていたつもりだったが、火葬を待って夫とふたり葬儀場のベンチに座っていたら、急に涙があふれてきた。なくなってしまうということは、なんてむずかしく、おそろしいんだろう。こんなにていねいに受け入れようとしてなお、おそろしくて、悲しい。あったはずの形がどこにもなくなって、そして二度と戻ってこないというのは、つまりどういうことなんだろう。一度泣いたら止まらなくなってしまい、義理の親戚にはふさわしくないほど泣きつづけていたら、わたしよりずっと悲しいはずの夫が、小さな声で「ありがとうね」と言った。

白いシートが取り払われて、あとには青空だけが残った。家が底面だけになり、はじめて向こうにある空が見えたのだった。あるときお昼ご飯を食べに出たら、その底面に男の人が腰かけて、歌いながらコーヒーを飲んでいた。知らない言語の、馴染みのないメロディだった。素人のわたしでも、工事があと数日で終わることはなんとなくわかっていた。

「こんにちは」

思いきって話しかけたけれども、やはり日本語はあまり通じないようだった。向かいの家の者であることをどうにか説明し、前に読んだ「やさしい日本語」(外国人にもわかりやすいように簡単に直した日本語)のガイドラインを必死で思い出しながら、どうしても聞きたかったことを訊ねてみる。

「あなたは、歌を歌っていましたか?」

「はい」

「わたしは、その歌の、名前を、知りたいです」

「名前は、ズンです」

「ズンという歌ですか？」

「はい、僕は、ズンです」

「あっ、わたしは、くじらです……」

　それからお互いの身ぶり手ぶりも交えてなんとか聞き取ったところによれば、どの歌のことを言っているかわからないけれども、だいたいはベトナムでいま流行っている歌である、ということだった。やはり一曲ではなかったらしい。お礼を言って、家に帰ってからＳｐｏｔｉｆｙでベトナムのヒットチャートを再生してみたけれど、聞き覚えのある曲は一曲もなかった。

　翌日泊まりがけの用事に出かけて、帰ってきたら工事はすっかり終わっていた。それからしばらく、元から家なんて建っていなかったかのように空き地だったけれど、また突然知らない人がタオルをくれて、建設工事がはじまった。それも悪くないタオルだった。


　いま、向かいの家にはブルーシートがかかっている。わかっていてもときどき、たとえば障子に空いた穴がぴかっと青かったりすると、つい快晴かどうか確認してしまう。建設工事はそこまで揺れない。ときどき話す声がするけれども、誰も歌わない。

　この秋はずっと曇りである。

昼下がりが／部屋を／包んだ

詩の出張授業の仕事をしていると、他人の手書き文字を読む機会が多い。

参加者の詩ができあがるのを待つ時間、わたしは教室を巡回して手元を覗きこみ、ときどきそんなふうに声をかける。それ自体が指導になるというよりは、全体に向かって「聞きたいことがあったら質問してください」と言っただけでは出てきづらい些細な質問を受けやすくするための呼び水のようなもので、それ自体にはそんなに意味がない。どんな人たちの集まりでも、速筆の人と遅筆の人とがいる。そして、下書きからていねいな字で書く人もいれば、ちょっとがんばらないと読めないくらいの走り書きの人もいる。その参加者は年配の女性で、五月の街並みを書きはじめたところだった。

さわやかな草木や風のにおいの描写に混じって、「訓練がまぶしい」とあった。訓練がまぶしい。なんだろうか。見慣れない修飾、出てき方も唐突であり、よくわからないといえばわからないのだが、しかしまぶしい訓練というものをわたしも目にしたことがあるような気がする。自分が加わっていない訓練を外側から眺めるというのは、いつでもまぶしいものであったとさえ思えてくる。五月の青い日差しを受けて光る集団の肉体、統率のとれた動き、一、二、一、二、まぶしい、まぶしい。

「おもしろい。まぶしいですよね。訓練」

「訓練？」

「あれ？　ここなんですけど」

女性はわたしの指差したところを確認し、申し訳なさそうに頭を下げる。

「あ。『新緑がまぶしい』です。すみません。字が汚くて」

あっ、と思って見返すと、確かに「新緑」にも見える。文脈的にも、「訓練」に比べてずいぶんしっくり来る。わたしも慌てて謝り、他の箇所についてもいくつか言い足してからその場を離れる。読み間違いだ。申し訳ないことをした。しかし頭の中には依然、まぶしい訓練が残りつづけている。一、二、一、二。

言葉の間違いというのは、どうしてかおもしろい。一昨年から昨年にかけての一年半、手話の講座に通っていた。市の福祉協議会がやっている初学者向けの講座で、ろう者の先生が一から教えてくれる。日本で使われる手話には日本語対応手話（日本語の単語を置き換えて表現する手話）と日本手話（日本語と別の独自の文法を持つ手話）とがあり、講座で教わるのは後者の日本手話だ。この「独自の文法」が新鮮で、おもしろい。

日本手話の特徴に、「ものの大きさや動きを映像的に表現できる」というのがある。日本語で「大きい（小さい）ボール」というところを、「大きい」「小さい」という記号に置き換えずに、手で（このくらい）というふうに具体的に示す。これが、見ていると、拍子抜けするほどわかりやすい。わたしは方向音痴で、日本語で道案内を聞いてもすぐに忘れてしまうが、手話の道案内はすんなり入ってくる。しかし話すとなるとむずかしい。つい日本語の感覚に引っ張られてしまう。

映像的な表現の説明をするときに、先生が「太巻きの話をしたいときにも、『太巻き（両手のひらを下向きのCの形にして、寿司を巻くような動きをする）』このように大きさや形を具体的に示してくださいね」というようなことを言った。わたしたちはなんとなく手を動かし、「太巻き」と真似をした。すると、突然先生が爆笑した。爆笑も爆笑、笑いすぎて息ができなくなり、一旦講義を止めて息を落ち着けているほどだった。手話で何か言っているようだが、ウケすぎていて手話も切れ切れになり、ぜんぜん読み取れない。

何事かと思っていると、通訳の先生が同じく笑いながらフォローした。「みなさんのは太すぎるよ、そんな太い寿司食べられないよ、と言って笑ってますね」

見ると、手元で太い寿司を作り、それを食べようとするところをあらわして、「ない、ない」と言ってウケつづけている。わたしたちはつられて笑いつつも、なんとなく虚をつかれたようになった。だとしても、そんなに？　そう言われたら先生のやった「太巻き」よりか太かったかもしれないけれど、笑いすぎて呼吸困難になるほどなのか。

あとになって考えれば、要は、あのときのわたしたちはてんで手話表現をわかっていなかったのだ。動きの上では先生のやった「太巻き」を真似てこそいたけれど、それは「太巻き」を表すらしい記号として真似たのであって、実際の太巻きを表現しようとしたわけではなかった。しかしそれを、先生は具体的な表現として読んだ。そのズレによって先生にイメージされたわたしたちの太巻き、異常に太い太巻きは、そのまま先生の通常の感覚からのズレとなり、いわばお笑いの「ボケ」のように機能したのだろう。

そのあとにも先生は、わたしたちの「駐車場（四本指と親指でUの字にした手で車を表し、横に車を並べるように動かす）」に爆笑していた。「そんなに車がみちみちに停まっていたら、大変ですよ」。そのときは講座も修了に差し掛かるころ、少しは日本語を離れた手話の感覚が身につきつつあって、確かに、おもしろいかもしれない、と思った。互いにこすれあいながら密集する車たち、そのあとに起きる大惨事を思い浮かべて、わたしたちも笑った。

当たり前のこととして、間違いに笑うためには、「普通はこうでしょ」という前提が共有されている必要がある。「まぶしい訓練」という表現は見慣れないし、手話で「太巻き」を表現するときには、現実にありえない太さを表すことはない。よくSNSで拡散されてくる、「子どものオモシロ珍回答」的なものがわかりやすい。子どものおかしな誤答は、大人から見れば当然間違いだとわかっているからおもしろいのであって、間違いによって前提のほうが揺らぐことはない。

けれども、「訓練がまぶしい」はどうだろうか。それが間違いなのかどうかはっきりとはわからず、それでいて「訓練」というものの像が刷新されてしまうような鮮烈さがある。手話の先生は、拙い手話のありえない「太巻き」やありえない「駐車場」を、一度は真に受けてありありとイメージする。だからこそ息が切れるまで笑ったのだ。つまり、揺らがない前提があるからおもしろかったのではなく、むしろ前提が揺らいだ地点におもしろみが生まれた。わたしたちが間違いをおもしろがるには、そのようなふたつのやり方がある。

教室で教えている小学生が、実際に「オモシロ珍回答」的な誤答をしたときには、思わず一度ぐっと息を止めた。接続詞を当てはめる問題である。

わたしは甘いものが好きだ。□□□□、ケーキやチョコレートが好きだ。

正解は言うまでもなく「たとえば」だが、なんと、「ショート」と書いてある。「だから」や「しかし」は正解できているのに、ここだけケーキの種類になっている！　笑いそうになったけれど、とっさに平静を保った。ふざけているのかどうか判別がつかなかったからだ。一応、事情を聞いてみる。

「ここは……どうしたの？」

「えー、だって、入るのこれしか思いつかなかったから……」

「そうかあ。ほかの答えに入ってる、『だから』『しかし』と見比べて、言葉の役割が違うのはわかる？」

そう訊ねると、「それはわかるけどお」と言う。「でも、三文字じゃないし。四文字だと『ショート』しか入らないと思って」

わたしは内心、そっと胸をなで下ろしていた。ああ、笑わなくてよかった。彼はふざけていたわけではなく、持っている語彙でなんとか入りそうなものを探した結果、この珍回答（？）にたどり着いていたらしい。ここで笑ってしまえば、わたしだけが持っている「普通はこうでしょ」を振りかざし、一方的に彼を愚かなものとして笑う形になるところだった。その後、ふたたび接続詞について説明しなおし、「たとえば」という語彙を紹介した上で、「でもさあ」と切り出してみる。彼が誤答に至るまでのプロセスをどうにか追体験し、彼の前提に則った上で、それでもこれが誤答であることを説明するためにはどうすればよいか、思考を巡らせながら。

「一旦『接続詞を入れる』というお題を忘れたとして、そしてその上で『ショート』がぴったり入ったとしても、『ショート』と『ケーキ』の間に『、』がつくのはおかしくない？」

「はっ！」

この、「はっ！」は、うれしかった。「『たとえば』がわからないのに、よくうまく当てはまるのが見つかったな、とは思うよ。とんちみたいでおもしろかったよ」と言うと、彼も笑っていた。ここまで来てはじめて、わたしたちはこの誤答を共に笑うことができたような気がした。


言葉の間違いは、やっぱりおもしろい。間違いが愚かであるのがおもしろいのでなく、その間違いを真に受けてみるのがおもしろいのだ。現実にはないもののことも言葉は表すことができるから、当たり前だと思っていることが、言葉の上では容易に揺らいでしまう。意識的にやろうとするとむずかしいけれど、誤りという形でならそれが不意に可能になる。日常で「普通はこうでしょ」の恩恵を受けてもいる一方、同時に常に「普通」なるものに苦しめられている身としては、それはほとんど恵みであり、日常へのわずかな抵抗の手段にさえ思える。偶発するその揺らぎをどうにか手元に引き込みたいために、詩という表現手段を選んでいるような気もする。

今度は別の生徒が、国文法の問題を解いている。

日曜の／昼下がり、／窓から／差し込んだ／光が／部屋を／包んだ。

文節の分け方も述語も合っているけれど、主語が間違っている。「日曜の昼下がり」は時を表していて、「包んだ」のは「光」であるから、答えは「光」だ。しかししばし、「昼下がりが／部屋を／包んだ」という可能性について、わたしたちは考える。それはどういう状態だろう、「光が／包んだ」というのとは違う景色になるのだろうか、と、だらだら話しつづける。そのうち、問題文の内容とは裏腹に放課後の日が暮れて、教室には少しずつ影が落ちてくる。

目のあわない距離

目の前が君でふさがってしまうほど近づかなくては
君を抱きしめることにはならない
ゆえに
抱きしめているときの君は
人間の姿をなくしている

親密につきあうようになる以前
目のあわせかたについてわたしたちは話した
目がふたつずつあるかぎり目があうはずがない

わたしには右目を見るか左目を見るかしかできないし
眉間や胸を見ればいいなんてごまかしにすぎない
と　息巻くわたしを
君は三つ目の子どもを見るようにあわれみ
わたしたちが目をあわせる方法について
しんぼうづよく話しあってくれた

ふたりでのちに
自分が・相手に・見られた　瞬間に
自分が・相手を・見ていた　と
気がつくことを
目があう　と　呼ぶことに決めた

であるから
君を抱きしめるとき　君と目があうことはない
君の存在は茫漠とした皮膚の印象になって

見ることも　見られることもない
目があう距離
あの発見の美しい距離を
近いあまりにむしろ遠く離れて

しかしなお　わたしたちは抱きしめあう
互いの存在を拒みあうために
きらめく発見のまなざしから隠れて
そこではじめて安心するために

君のみにくさを　またわたしのみにくさを
ときに　互いに直視しがたいことの
ひそかな痛みをなぐさめあうために

「そっちでいくのかよ」

わたしが障子をぶち破いた瞬間、背後で夫がため息をついた。これはいけない。絶対に怒られる。

まず本件、本棚の棚板を取り付けるのにがちゃがちゃ適当にやって手をすべらせた挙げ句障子に突撃させた、一点の曇りもなくわたしに由来するヒューマンエラーである。もちろん数秒前に「そんなに乱暴にやらないで」と言われていたし、その前には「障子の近くでやると危ないから、部屋の真ん中で棚板を入れてから運んだら？」と助言があったのを、「重たくなるからヤダよ」とわたしが断っている。そもそもこの本棚は、わたしが本を買いすぎて家じゅうに散乱させたために夫がここまで組み立て、「棚板の位置はきみが決めるほうがいいでしょ」と渡してくれたものだ。とどめに、この家は夫の実家から譲りうけており、夫にとって家のなにもかもは亡くなった大叔母の遺品である。絶対に怒られる。

おそるおそる振り向くと、「別に怒んないよ」という。おや。「怒んないけどさ。でも絶対そうなると思ってたし、気をつけてって言ったよね。別にもうしかたないから、いいけどさ」なんというやさしさ。しかしわたし、ここでまさかの逆ぎれ。

「おいっ！　寛容さと正しさ、どっちも取ろうとすんな。どっちか諦めろ！」

ようは、「妻のミスをとがめない、寛容な夫」ぶりを見せているくせ、ものついでに「気をつけてって言ったよね」などと自分の正当性まで勝ち取ろうとしてきたのがむかついたのだった。それはちょっと、欲張りすぎる。人間の感情というのはそう単純にいかないとしても、であればなおさら、おまえのやろうとしている寛容とは、自ら寛容を貫こうとする意思にほかならないはずじゃないか。

するとと夫、即座に態度を改める。

「おう、どんだけ家のもん壊すんだバカ、謝れ。自分で貼りなおせ」

「そっちでいくのかよ」

つい突っ込んでしまったけれど、夫の回答はわたしには気持ちのいいもので、せいせいした。逆ぎれしておいてせいせいしたもなにもないという気もするが、夫の方でもいくらかせいせいしていたと思う。

わたしたちはなんとなく気をよくして、部屋には無事きれいな白い本棚と、やぶれた障子とが揃った。マスキングテープを貼って直してみたら、「かえって惨めな感じだね」と言われた。前にも同じようなことを言われた記憶があるのは、掃除機のヘッドで網戸をぶち破り、ガムテープでふさいだときだったか。押し入れの中段が本を積みすぎて外れ、手近にあった六角レンチを金具がわりに突き刺して固定したときかもしれない。どんだけ家のもん壊すんだ、バカ。こう並べてみると、夫はすでにかなり寛容である、という気もしてきて、どうも旗色が悪い。

このふしぎな和解を思い出したのは、運営している国語教室の授業中のことだった。授業が終了する五分前。生徒が書きかけの作文を続けあぐね、ぐにゃぐにゃしている。けれどもう授業が終わってしまう、続きはどうするか話さないといけない。わたしの思惑としては、ここで一度持って帰ってひとりで書く、書き上がらないにしてもゆっくり考えてみるのがよかろう、と思っていた。教室で書くことにはかなり慣れてきた生徒で、いまぐにゃぐにゃなっているのも、ちょっと難しいお題を自分で決めたためだ。授業時間のこともあるけれど、それ以上に、それをひとりで仕上げたらどのような出力がなされるのかが見たかった。うまくいかなかったらいかなかったで、また次に来たときにできることが広がると思った。

それで、「どうする？　宿題にしてみましょうか」と声をかけた。

「持って帰ってみて、全然書けん、となったらこのまま持ってきてくれたらいいし……まあ、まあ、どっちでもいいんですけど、なにがいいかね……」

ちょっとずつ尻すぼみになってしまったのは、言うまでもなく頭の中で、棚板を抱えたわたしが怒りだしたからだ。どっちも取ろうとすんな、どっちか諦めろ。そこで猛烈に思い立つ。わたし、夫にえらそうに言っておいて、思い返せば教室ではこんな言い方ばかりしているかもしれない。

「作文の内容、自分で決めてもいいですし、困ったらわたしからお題出してもいいですか？」

「漢字やりたくないんなら今日はやめときますか。なにならできる？」

「じゃあ、せっかくだし時間制限つけてやってみない⁉」

なんて、判断を委ねるふうに投げかけているときも、いつも心の中にはなにか思惑を持っていて、そのためにまず出方を見てみよう、と思っている節がある。それはもちろん、学習を勧めることとそれそのものが暴力に転化しないように気を払っているからでもある。しかしそれ以前に、必要以上に寛容らしくふるまおうとしている面があるのかもしれない。わたしもまた、本当は両立しえないふたつを、どっちも取ろうとしているのだろうか。「生徒の自主性を重んじる、寛容な教育者像」と、なんだかよくわからない「正しさ」なるものとを。本来自分のなかにはない寛容さを後付けで演じるようにして？

にわかに、自分のこれまでの態度が信用ならなくなってくる。教える立場なのだから、生徒をある方向へ誘導しようとするのも、かつそれを受け入れてもらう手段として寛容なそぶりを（演じて）見せるのも仕方ない、と割り切ってしまえばいいのかもしれないけれど、しかしどうにも自分で納得がいかなかった。生徒も「うーん、わたしもどっちでもいいよ」と煮え切らない。それでかえって急速に腹が決まった。

「いや、ごめん、じゃあはっきりお願いしますね。次回までに書いてきてください」

生徒は、わたしがおおげさに姿勢を立て直したのを見てちょっと笑い、「はーい」と答えて作文を持って帰り、そして、全然書いてこなかった。わたしが恐れたほどの強制感はまるで出ていなかったらしい。結局、その作文は教室で書き上がった。そしてこれも拍子抜けすることに、それは彼女が教室で書いたなかで、いちばん力の入った作文になった。前段ではまるでわたしが生徒の行動や考え方をある程度は誘導できるかのように書いてしまったけれど、実際のところ、全くそんなことはないのだ。

寛容にふるまうことを考える。単に心の中に寛容さを持つということだけでない、他人に対してそのようにふるまうということを。

夫にむかついたとき、反射的に「寛容さとはまず意思であるべきだ」と糾弾したくなったのは、それが単に自己像を取り繕うためのふるまいにすぎないのだという憶測が影にあったからだ。わたしは、自分が他人に対していかに寛容でないかをよくわかっているし、それでいてなお寛容ふうに見せかけてしまうことがあるのにも、同時に覚えがある。だから夫がわたしを口汚く罵ったときには、その本心が明かされたようなのが互いにおかしくて、それで満足した。もしかするともっと底のところでは、それで「見せかけ」のない関係を確かめあえたように感じられて、そのことがなにより気持ちよかったのかもしれない。

けれども作文を読みながら、ふたたび疑う。わたしは――わたしたちは、本当に寛容ではなかったのだろうか？

わたしのめずらしい「命令」に生徒は笑って、作文は書いてこなかった。このことはわたしの未熟を感じさせながら、しかしうれしくも思われた。わたしは生徒に作文を書いてほしいと思っている。より正確に言えば、書き上げた作文を自分で読みかえして「これを書けてよかった」と思う、あの時間に辿りついてほしいと思っている。けれどもそれ以上に、本心ではいやなことを、わたしの命令のために黙ってやらせてしまいたくない。その両者はどちらが見せかけというのでなく、同時にわたしのなかで起こっている。それを勘定から外してしまうのは、それはそれでひどく単純化した見方であったかもしれない。「両方取ろうとする」ことをとがめる以前に、まず両方が、どうしようもなく、ある。生徒が平気で宿題をすっぽかしたのは、はなからそれを見抜いていたためかもしれない。

さて、勘違いしないでほしいのは、だから夫もまた寛容であったはずで、わたしの逆ぎれはお門違いである……ということを言いたいわけではない。仮にそうであったとしても、夫の言いようが神経を逆なでするのは変わらない。だいたい、なまじ寛容さが混じっているせいで言い返しづらいのが癪にさわる。

そう、問題は、両者を同時に取ろうとすることそれ自体ではなく、それをいっぺんにやろうとすることだった。相手を責めたり、言うことを聞かせたりするために寛容さを盾にすることには、おそろしい威力がある。しかしそれをおそれるあまり、わたしは自他の中に「寛容さ」をほとんど認めなくなっていたのだった。

こういうのはどうだろう。われわれは他人に対してそんなに寛容でもないけれど、しかし同時にいくらかは寛容である。そしてそれを、寛容であること以外のための道具にはしたくない。であればこそ、ときに寛容さのほうを捨てなくてはいけない。おそらく、他者と生活を分けあったり、ある面で自分よりも弱いものと接したりするときには、とりわけ。自分の寛容でなさとその結果を引き受けてはじめて、ふたたび寛容さへ戻ってくることができるのではないか。

そういえば、以前書いた「夫がテレビを観ながらへんな顔をしている」問題（57頁参照）にも似ている。そのことを夫に言うか言わないか、言うならどのような言い方をするか……ということで悩み、わたしは言わないことを選んだ、いわば自分の寛容さの方に賭けていたのだったが、しかしエッセイに書いたことでなにもかも夫にばれてしまった。読み終えて、夫がリビングで叫ぶ。

「言ってよ！　おれ、自分で知らないうちにそんなへんな顔してたら、いやだよ！」

本当にそうだと思う。わたしだっていやだ。

寛容損である。

ものをなくしつづけて生きている

息を切らせながら、冷蔵庫の一段目から四段目までくまなく見る。知らない卵が一パックまるまるあるしなにか遠くのほうでジャムがカビていたような気もするが一旦見なかったことにする、加工食材の段、味噌や調味料の段、飲みさしのペットボトルの段、肝心のチルド室はからっぽ、だめだ、あきらめて野菜室をあける、うっかり買った巨大白菜で奥の方がなにも見えない、むきーと言いながらどかしてひとつずつ検分する、九州の長なす、もやし、春菊、若採りらっきょう、プチトマトが一個だけ残ってしおれているが一旦見なかったことにする、塩蔵わかめ、塩蔵こんぶ、なぜかここにあるパン粉、ついに野菜室の底が見えてしまう、久々に見たらなにか茶色くなったあれこれのカスが落ちているがそれももういまはどうでもいい、まさかと思って冷凍庫を見るが、下茹でした大根、鶏胸肉、夫が買って食べないままずっとある……と思いきやひそかにローリングストックされているらしいシューマイ、あとはもういつのかわからない使い切らなかったクリームチーズやスパム、そんなものしかない。ここまでずっと冷蔵庫のドアを開けっぱなしにしていたせいで、内部温度上昇を知らせるサイレンがビービー鳴り響いている。

もうだめだ！　ない、ない、ない！

おととい買ったはずの八百グラムの豚肩ロース肉がない！

ものをよくなくすとはいえ、いくらなんでも一キロ近い塊のお肉をなくすとは。自分の粗忽さ加減に落ち込むが、間もなく家のどこかでお肉の塊が人知れず腐っていく心象にさいなまれて、落ち込んでいる暇もない。光の差さないフローリングの上で、静かに液化していく豚肉──あわてて家じゅうをうろつき、過去の自分が辿った経路を振り返る。スーパーに行ったのは火曜日。帰ってきたらまず荷物を玄関に置き、食べものだけ冷蔵庫の前に運ぶはず。もしかしたら、エコバッグの底に入れっぱなしになっているかも……ちがう！　そうだ、火曜は、段ボールの日だった。

おとといは雨の予報だった。行きの段階では晴れていたけれど、帰り道には小雨が降るらしい。それで傘を持っていった。これはわたしにはめずらしいことで、家を出るそのときに雨が降っていれば傘を持つことは容易だけれども、いまはまだ降っていない雨を予測し、さらにそれに備えて傘を持って出る、なんていう高度なことは、ふだんはなかなかできない。にもかかわらず！　というので浮かれていたら、スーパーに着いてからエコバッグを忘れたことに気がついた。レベルを上げないと所持可能な持ち物の数が制限されるＲＰＧのようである。それでいうと本当にレベルは低い。

とはいえご機嫌に買い物をし、レジの会計が始まった瞬間に、卵を買っていないことに気がつく。しまった！　おそるおそる店員さんにたずねる。

「す、すみません、買い忘れがあったんですが、もう無理ですよね……」

するとベテランらしい店員さんのするどい眼差しが、ぴしっと厚揚げからわたしへ。

「遠いですかっ⁉」

「遠……えっと、卵なんですけど……」

店員さんはすばやく会計済みのカゴと未会計のカゴ、さらにはわたしの後ろに延びている列までを見比べて、

「卵なら、いけます！　持ってきてください！」

店員さん！

わたしは韋駄天のごとく卵売り場に駆けていき、ようやく一パック抱えて戻ってきたとき、まさに未会計のカゴが空になるところだった。わたしたちはしっかりとしたアイコンタクトを

交わし、店員さんに何度も頭を下げながら会計済みのカゴを持って支払い機に歩きだし……たところで、今日は有料のレジ袋を買わないといけなかったことを思い出した。エコバッグを忘れたからだ。いつもなら追加でレジ袋を頼めたかもしれないが、あのすばらしい店員さんにこれ以上迷惑はかけられない。しかし、その日のわたしは冴えていた。なんせ傘を持ってこられるほど。であるから、すぐに店の裏に持ち帰り自由の段ボールが積んであることを思い出した。いそいそ食材を段ボールに詰め、両手で抱えて帰ろうとしたら、天気予報というのはすごいもので、外はしんしんと小雨が降っているのだった。

だから、エコバッグの底、という線はすでに消えている。というのを、やや湿った段ボールがすでに解体されてリビングの壁に立てかけられているのを見ながら、ぼんやりと思い出す。結局、両手に段ボールを抱え、手首に傘を引っかけて、びしょ濡れで帰ったのだ。濡れたことよりも傘が邪魔なことが腹立たしかった。しかもさっき冷蔵庫で元凶の卵パックが余分にあるのを見た気がする。一応段ボールの陰も覗いてみたが、当然お肉はなかった。

お肉よ、いったいどこに行ってしまったの。二割引なのに消費期限が明後日まであり、しかも脂の加減もいい感じだった、わたしの肩ロースブロック。買おうか悩んだだけで実際には買っていなかったのかも……とも一度は思ったけれど、手にまだ重みが残っている、そんなはずはない。死んで血の通わない肉特有の、冷たく湿った重み。八百グラムのお肉なんてめったに買わない贅沢品だからなおさらよく覚えていて、なおさら悔しい。帰って来た夫に、傘を持って出たところから全部話したら、夫は「君のように生きる効率の悪い人は、どう生きていけばいいのかね」と言った。

ものをなくしつづけて生きている。家庭訪問のプリント、気に入っていたキャップ、絶版でようやく買った本、検便、ロールパン、もらったばかりのバイト代。出先で「スマホがないっ」と言うことが多すぎて、最近では夫に「そう言うことでｆｅｅが発生しているの？」とからかわれるほど。わたしも発生してほしい。なくすことを生業にできるのであれば、なかなかの財を成せるだろう。プロのなくし屋。

なくした、というのはまだ殊勝な、外向きの言い方で、心の中の実際のところでは「なくなった」と思っている。なくしたときのことは当然覚えていないものだから、もののほうがひとりでに消滅したとしか思えない。そして、「なにもしていないのに、訳もなくものが消滅する」ということは、ほとんど不条理として日常に襲いかかる。

高校生のとき、本当に気に入っていた赤い傘がなくなった。出先で父に買ってもらった、好きなアーティストのＰＶに出てくるのとよく似た傘だった。わたしはかなり陰気な高校生だったが、傘の中で雨の音にかき消されながら、小さな声で歌うのが好きだった。それが、気がついたらどこにもなかった。どこに忘れたかも思い出せない。学校にも塾にもない、電車の忘れ物窓口にも届いていない。傘の形をした空白だけが手の中に残って、傘そのものはもう世界のどこにもないように思われた。そして、「なくなった」と思ってはいても、同時に自分だけに非があることもよくわかっていた。

それからもう十年くらい経つけれど、いまだに決まった傘を持っていない。だいたいふらっと外に出て、雨が降ってきたら買う。それで、自分でも驚くほどあっという間になくしてしまう。買ったばかりのビニール傘なら、いつなくしても痛みを伴わない。そうそう、そういう悪癖が、わたしから傘を持って出かける習慣を失わせたのだった。

あるところではそうやって過剰に鷹揚になる一方、過剰に気にしすぎるときもある。どうしても外につけていけないイヤリングがある。一般的に見たら大した値段ではないが、わたしにしては思い切って買ってしまい、しかしつけて出かけるほどは思い切れない。プロのなくし屋からするとイヤリングなんて靄のようなものなので、いつ立ち消えてしまっても不思議ではない。なくさないように気をつければいいと思うかもしれないが、ものはわたしの意思とは関係なく不随意になくなるものなのであって、それを気をつけると言ったって限界がある、としか思えない。不条理に対しては、願うことしかできないのだ。「なくさない」はわたしにはない。

「なくならないでほしい」があるだけだ。

小学校の教科書で読んだ、佐野洋子さんの『おじさんのかさ』という絵本をよく覚えている。とても立派な傘を大切にしているおじさん。出かけるときはいつも持ち歩いている（わたしとは逆だ）。しかし、傘を大事に思うあまり、決して濡らさないことにしている。雨が降ってきたら傘を胸に抱き、濡れながら走るのだ。そのようすがおかしくて、子どものときは読んで笑っていた。けれども、いまならよくわかる気がする。おじさんは、傘がいつだめになってもおかしくないとよくわかっているのだろう。

もっと　もっと　大ぶりの　日は、どこへも　出かけないで、うちの　中に　いました。
そして、ひどい　かぜで　かさが　ひっくりかえった　人を　見て、
「ああ　よかった。だいじな　かさが　こわれたかも　しれない」
と　いいました。

だから、おじさんが傘を濡らさないようにするのは、「なくならないでほしい」という願い

のあらわれだ。自分では抗いようのない喪失の不条理に対しては、ときにナンセンスに見える
やり方であっても、どうにか願いをかけるほかないのだ。

夫が出かけようとしている。少し離れたところまで車で行くという。わたしはなんとなく、いやだなあと思う。夫はすぐに眠ってしまうので、ひとりで車に乗せるのが怖いのだ。

「電車で行きなよ」

「なんで？　直線距離のほうが近いんだよ」

「車のほうが死ぬ確率が高いから……」

夫はあきれて、絶対にわたしのいうことを聞かない。

「そんなことといったら、一切外に出ないほうがよくなっちゃうよ。いや家にいてもだめだよ。強盗が来たらどうすんの？　隣の家が燃えて延焼するかもしれないよ？　おれがひとりで車乗るのと、君がひとりで家にいるのと、なにが違うの？　てかもっというとそんなんでなんで海外とか行けんの？　そんな心配ばっかりしてたらなにもできなくなって、どんどん行動範囲が狭くなるだけだよ。おれはいやだよそんなのは」

そして、本当にひとりで車に乗って出ていってしまう。いや、わたしは自分が死ぬかどうかではなくおまえを失うかどうかの話をしているのだ、と思いはするが、しかし夫のいうことも

もっともだなあと思う。『おじさんのかさ』のおじさんだって、お話の最後には傘を差す。子どもたちの歌に誘われて、傘にあたる雨の音が聞きたくなり、ついに差してしまうのだ。そのシーンのすてきさと言ったら。おじさんはもうおそれを忘れて、雨の音に耳をすまし、傘をくるくる回して、そこから雨のしずくが跳ねるのを楽しむ。ついに役目を果たした傘は、本当にきれいに描かれる。

いまだ日の光を浴びていないわたしのイヤリングはどうだろう。アクセサリーケースの中で十分きれいに見えるけれども、晴れた日の街中、耳元で揺れるときには、もっと違う表情を見せるだろうか。わたしは夫が死ぬのが怖い。夫の重みは、いつでもわたしの身体のあちこちに残っている。生きていて血の通う肉に特有の、ふかふかした複雑な重み。その空白だけを残して、夫はもう世界のどこにもいなくなってしまうなんて、信じられない。そんなにひどいことが起きてたまるかと思う。けれども同時に、夫が死ぬことを防ぐ力は自分にはないこともわかっている。だからいつも「なくならないでほしい」と願っているけれども、しかし、それはアクセサリーケースの中にしまわれた夫のことではないはずだ。

プロのなくし屋にはなれないかもしれない。もしそんな仕事があったとしたら、それはとてもさびしい、痛みと共に暮らすような仕事なのかもしれない。

お肉はまだ消息不明である。捜索も（夫に）打ち切られて、お肉が潜んでいるかもしれないリビングでだらだらとする。夫がなくなることをおそれる気持ちは最近へんな方にねじれて、夫が痩せるとやや抵抗を感じる。世界に対する夫の質量が減ったことが損失のように思われるからだ。にもかかわらず、当の夫は無情にもダイエット中である。夫のお腹をさわりながら、「あんまり痩せないでいいからね」と言う。夫にというよりは、お腹のお肉に向かって言う。夫は無視しているので、お肉を手で持ち上げてやる。あっ、そうそう、ちょうどこのぐらいの重みだった。いまも世界のどこかでゆっくりとなくなりかかっている、わたしのお肉。

彼岸

きょう　水菜と豚肉を買った
水菜の根を落として氷水にさらしながら
自分でも水を二杯も三杯も飲んだ
きのうは墓場に出かけた
お坊さんがお経をあげたあと
ご先祖さまというのは
ありがたいものなのです　という
墓を持たない家で育ったために
自分にも先祖のあることを
結婚して見知らぬ墓の前に立ってみるまで

ふしぎに知らずにいたわたしだ
ご先祖さまというのはありがたいものなのです
生きているうちはどうしても欲が出てしまう
けれどご先祖さまは欲から解きはなたれて
一心にみなさんの幸せだけを願うのですよ
墓石は
よほど渇いているとみえる　さっきあげた水を
もう飲みきって黙々と陽をはねかえす
わたしもそんなよいものになれるだろうか
石とこころだけになったなら

一同が手をあわせて祈りはじめると
血のつながらない甥が大人の神妙なのをおかしがって
ひとりずつ顔をのぞいて回る
夫の父　夫の母　夫の姉　夫の姉の夫　夫
わたしの下まで来るとアッと指をさした

「ひとりだけ、目、あいてるよ！」
神妙な大人たち　誰もなにもいわない
まちがいさがしの甥はくりかえす
「ねえ、ひとりだけ、目、あいてるよ」

スーパーでは知らない女がお釣りを散らばして
ふたりいっしょになって拾いあつめた
女はわたしに何度も頭をさげた
わたしもきっとそうするだろうと思う
そうだ　と思う
そうだ
ひとりだけ目があいている
なにかわけのわかったような顔をして
豚肉をぎしぎし切り分けていても
遅くなるといった夫は存外に早く帰った
水菜と豚肉と余っていたいくつかの根菜とを

ふたり窒息しないぐらいに食べた

目があいているかぎり
どこにいたってさびしい
テレビを見ていた夫はいつの間にか眠っている

そうして無事　ずっと話そうと思っていたことを
話しそびれることに成功する

笑う姿を見てて、うれしい

わたしがショッピングモールを泣きながら歩くとき。それは、プレゼントを探しているときだ。プレゼントをあげることだけが決まっていて、なにをあげるかがどうにも決まらない。そういうときに、いろんなお店をウロウロと歩き回ればアイデアが降ってくるだろうと期待して行く。その点ショッピングモールはちょうどいい。ショップが密集しているから、あげるもののジャンルすら決まっていなくても、手広くあれこれ見て回れる。

それで父の誕生日プレゼントを買いに行ったのだったが、最近のショッピングモールはやたらに広い。むちゃくちゃ広い。ああ、にっくき越谷レイクタウン。まず、「kaze」、「mori」、「アウトレット」の三つのエリアに分かれていて、それぞれがひとつのショッピングモールぐらいある。かつ、歩道橋で、ときにシャトルバスで移動しなければいけないくらい離れている。全体をゆるっと見ながら決めようかな、くらいに思っていた甘い考えはあっけなく崩れ、持ち前の方向音痴も災いして、朝に到着したはずなのに「アウトレット」をうろちょろしているだけで午前中が終わった。しかもこれといって有力なプレゼントは見つかっていない。どれを見てもぜんぜん違う、父にあげたいものはひとつもない。しかしわたしもばかではない。自分に休みを与えるタイミングがわからない人生をやってきて二十八年、いいかげんどんな作業の途中であってもお昼になればお昼休みをとる知恵が身についてきた。これはすばらしいすばらしい、と飲食店がある「mori」まで歩いたら徒歩十分かかった。ほうほうの体でバクテーを食べ、「kaze」に行く（徒歩十五分）。「mori」にはプレゼント候補になりそうな店がなく、ご飯を食べればもう用はないのだ。そこでついつい自分の服やなんかも見たりして、店を出たところで、帽子がないことに気がつく。

「すみません、先ほど試着した者なんですけれども、黒いキャップが試着室に落ちていなかったですか……」

「あっ、いま他のお客様が入られていますので、少々お待ちいただけますか？」

「あっ、はい、大丈夫です……」

待っている間、店員さん同士が小声で（でも、さっき見たよねえ？）（なかったですよねえ？）と確認しあっているのが気まずい。それでうすうす分かっていたが、試着室が空いても帽子はなかった。謝りながら店を出て、さっきバクテーを食べたエスニック・レストランに電話をかける。

「あっ、黒いお帽子ですね、ありました！『ｍｏｒｉ』二階のインフォメーションカウンターに届けましたので、そちらにございます！」

ワーン！

以上が、成人女性がショッピングモールでひとりメソメソ泣くまでの顚末である。こうなるともうぜんぶがイヤになってくる。いや、そもそも、ここに至るまでに積み重なったものがあった――家族連れとカップルに横目で見られながら、わたしはこのあいだの授業のことを思い出していた。

わたしが開室した国語教室「ことぱ舎」の木曜夕方のコマには、現状生徒がひとりしかいない。それでわりとのんびり授業をしている。そのぶん、ある問題についてずっと話したり、そこからもさらに脱線したりできるのは、わたしにとっても贅沢なことだと思っている。

そのときも、ひとつの誤答の前で、ふたり首を傾げていた。先生という立場で一緒に首を傾げているのもどうかと思うけれど、本当にむずかしい誤答だった。

Q.　――③とありますが、その理由を考えて書きなさい。

A．母親のうれしそうに笑う姿を息子は見てて、うれしいから。

エッセイの読解で、この設問で考えなければいけないのは筆者・重松清さんの行動の理由だった。重松さんは、子どものころお母さんと一緒に作ったロールキャベツのことを印象深く思い返す。そればかりではなく、お母さんは重松さんが四十代半ばを過ぎたいまでも、帰省すると必ずロールキャベツを作るという。そのときに、重松さんはわざとお母さんに子どもっぽい態度をとり、つまようじが入っていたことに口をとがらせて文句をいう。それはなぜか、という問題だ。

これ自体、むずかしい問題だなあと思う。小学校六年生に解かせるにしては、核となる書き手の感情に渋みがある。「この気持ち、なんとなくわかる？　似た気持ちになったことある？」と聞いてみたら、意外にも「わかる、わかる」という。

「わかるよー。下だと思ってた子がいつの間にか成長しちゃっててさびしい、みたいな」

「あっ、えっ、そっち？　じゃあさ、成長する、息子の方の気持ちは？　自分のお母さんを見て、年取っちゃってさびしいなあ、とか、自分の方が成長しちゃってお母さんさびしいだろうなあとか、なんかそんなことある？」

「それはない」

即答である。

一応、模範解答としては「いつまでも息子の自分が手のかかる子どもでいたほうが、母親が喜ぶことを知っているから。」となっている。解説にはこのように書かれている。

母親はいい大人になった息子のことを「くどくどと」しつこく心配し、「おかわりをすると、心底うれしそうな顔」になります。母親にとって息子はいつまでも小さな子どもなのです。筆者はこの思いに気づいていて、その気持ちによりそうようにふるまうのです。わざと「ワガママな子どものよう」にふるまう理由を答えるので、そのようにふるまうことで母親が喜ぶとわかっているから、という方向で解答をまとめます。

つまりは、機微があってむずかしいとはいえ、前段ではっきりとヒントが出ているのでそこから読み解けばよい、という解説である。しかし、だ。この解説だけでは、「母親のうれしそうに笑う姿を息子は見てて、うれしいから」という回答が誤答である理由をうまく説明しきれない。一応、模範解答を紹介しつつ、わたしたちは首を傾げる。

「なんかね、あんまり間違ってはない感じもするよね」

「うん、わたしもそう思う……」

「君の場合は、どんなふうに考えてこの答えになったの？」

「……？　だって、つまようじが入ってたよって注意する理由でしょ？　お母さんがうれしいと、自分もうれしいからかなあと思って……」

うーん。たしかに、である。なんなら、誤答の方が一歩先へ行ってしまっているように思える。母親が喜んでいることは（理由はともあれ）当然のこととした上で、では、なぜ息子は母親が喜ぶことをしようとするのか、という、さらに向こうにある問いに答えようとしないと、この答えは出てこない。いやいや、その（理由はともあれ）というところを飛ばさずに考えておくれよ、というので一応バツをつけたけれども、その飛躍がおもしろい。

「ここまで書いちゃうと、『そもそも、なぜ人は他人が喜ぶことをしたいと思うのか』というところに答えないといけなくなっちゃうと思うんだよね。それはわたしでもちょっとわかんないよ」

「そっかあ」

「でも、そんな難しい問題に急にチャレンジしたにしては、ちゃんと考えて答えたんだなあ、ってわかるよ」

「そお？」

「うん」

「そっかあ」

そんなふうに話しながらも、わたしの方がまだどこかで引っかかっている。彼女がまず疑問に思ったであろう、「お母さんが喜ぶことを、なぜ息子がしたいと思うのか」ということについて。先には、彼女の誤答の方が一歩先に行ってしまったと書いたけれども、あるいは逆であるかもしれない。誰もが誰かを喜ばせることをしたいはずである、それは当然であるとし、そこに疑問を持つまなざしを置き去りにしてはじめて、この解答が成り立つような気がしてくる。

「ｋａｚｅ」の通路を肩をいからせて歩いていきながら、わたしは泣いている。帽子をなくして無駄足になったのも悲しい、気づいたらもう午後二時半なのも悲しい、そしてなによりも、父にあげたいプレゼントがひとつも見つからないのが悲しい。

プレゼントをあげたいと思って買いものにやってきたのにそれが見つからないとき、あんなに悲しいのはどうしてなのだろう。自分は大切な父のことをなんにもわかっていなかったんじゃないか、とうじうじしはじめ、そうなると今度は「いや、そもそも、あげたいものもないくせに誕生日だからって条件反射でプレゼントをあげるというのはどうなんだ」と自分を責めたくなってくる。

誕生日だからすなわちプレゼントをあげるなんて、形骸的なコミュニケーションであって、相手を大切に思う気持ちとは反対じゃないか。

いやいや、実のない形骸的なコミュニケーションこそ、どんな無意味なことであってもあなたと関わりを持ちたいという意思表示であって、親密さのあらわれなのだよ。

じゃあなにをあげてもいいのか？　わたしがプレゼントをあげたいのは「父」という記号ではなく、「わたしの父」という生きた個人であるのに、お店で父へのプレゼントというとだいたいどんなおじさんにもあげられる、マフラー、ネクタイ、名前入りのボールペンあたりに収斂してしまうのはどうして？

それこそが中身なんて問題じゃない証明じゃないか。「あげたいものがあるからプレゼントをあげる」なんていうのはいかにもおまえらしい本題の取り違えだね。プレゼントをあげたいから、あげたいものができるんだよ。

じゃあなにをあげたらいいの？

そこの「お父さんありがとう」って書いてあるビールジョッキでもあげてさみしがらせてやればいい。

あっ、やっぱりさみしがるとわかっているんじゃないか!!

さみしがらせてやればいい。自分が年をとったとわからせて、同時に娘が成長したとわからせて、年月を経た父娘のだいたいの距離感というものを見せてやればいい。

……うるさいな……

父は八月で五十八歳になった。重松さんがエッセイのなかでお母さんの作るロールキャベツをたくさん食べる理由は、子どものようにおかわりをしてお母さんを喜ばせたいばかりではない。

いい歳して、四つも五つも食べる。食欲が増したわけではない。おふくろが一人でつくるひき肉のダンゴが、昔より一回りも二回りも小さくなったせいだ。

わたしは父が年をとるのが怖い。父の身体が小さくなり、動きが遅くなって、死のほうへ近づいていくのが怖い。結婚して家を出てから、心なしかその経過が早まっているように思えることも、見ないふりをしている。それなのに、誕生日を祝おうとしている。泣きながら、越谷レイクタウンを歩く。もうほとんど走っている。ビールジョッキを無視し、名前入りのボールペンを通り過ぎて、頭の中にはついにひとつの問いだけが残る。

Q. 父が喜ぶことを、わたしはなぜしたいと思うのか？

結局、わたしは越谷レイクタウンでプレゼントを買うのをあきらめた。家に帰って、ネット通販で父の好きな車種のラジコンを買った。父が喜ぶとわかっているから、というのでは、やはり足りない。「父が喜ぶとわたしもうれしいから」というのは、生徒の答えであって、わたしの答えではない。

ラッピングをやぶいて出てきたラジコンに父は爆笑して、すぐに家じゅうの単三電池をかき集め、リビングをかっ飛ばした。ときどきバンパーで壁紙をえぐって母の反感を買った。父が小さなガルウイングを開閉させるたび、その間抜けなカッコよさがおかしくて、わたしと弟と夫も爆笑した。運転好きな父だから、三十分も走らせたらドリフトまでマスターした。わたしは子どものように、「ねえ、それどうやんの？　もっかいやってよ」とねだったのだ。

引用：Z会編集部・編『Z会グレードアップ問題集 小学六年 国語』（Z会：二〇一七年）／重松清「ロールキャベツ」飯島奈美・著『LIFE なんでもない日、おめでとう！ のごはん。』所収（東京糸井重里事務所：二〇〇九年）

ああ、また、わたしが間違っていたのだな

霊感がない。心霊のたぐいと触れあう機会がない。姿を見ることもないし、声やら異音やらを聞くこともない。金縛りにだけは遭うけれど、疲れてソファで寝てしまったときと決まっていて、心霊現象というには理に適いすぎている。ときに暗いところを怖がってみせたりするのも、なにも感じていないくせに雰囲気で言っているだけである。さびしい。わたしばかりがおばけに会えない。詩人という仕事への偏見で、「えー、霊感ありそうなのに！」などと言われるとなおむなしい。霊感があった方がかっこいいに決まっているし、わたしだってやさしいおばけなら会ってみたいが、ないものはないのだ。ちなみに霊感のある人の言う台詞でいちばんかっこいいと思うのは、「ここは、霊の通り道になっていますね」。せめて、配膳でカトラリーを多く出しすぎることを「おばけの分まで出す」と呼び、ささやかに心の穴を埋めている。

という話をしていたら、「じゃあ、心霊スポットとか余裕で行けますね！」と言われた。行

けるわけがない。霊感がないからこそ、いわくつきのところ、やさしくないおばけがいるようなところには絶対に行きたくない。ハンデだと思うからだ。霊感のある者たちが身の危険を察知するときにも、わたしだけがへらへらしている。みなが一目散に逃げ出しても、「え？」とか言って突っ立っていて、いち早く死ぬ。わたしがなにかとんでもないものを肩に乗せて連れて帰ろうとしていても、誰もおそろしくて言いだせない……なんてこともあるだろう。怖い怖い。見えない方が明らかに怖い。

とはいえ、一度だけ「心霊スポット」に行ったことがある。旅行会社のパッケージで泊まることになったホテルをなにげなくウェブ検索したら、出るわ出るわ、「心霊」「幽霊」の関連ワード、古い部屋の写真、おもしろ半分で泊まったというブログ記事。同行する夫に話すか悩んだけれど、結局言わないまま当日を迎えた。夫がひどく嫌がることは予想できたし、わたしだって怖いには怖いのであって、一緒に怖がられるよりもなにも知らないでいてくれる方が心強かった。

ところが、いざホテルの部屋に着くなり、夫が部屋の隅にある洗面台を指差して言う。

「なんか、あのへんが、怖い。いやな感じがする」

まさか。ふだんから霊感じみたことを言うわけではない、そして、このホテルの前評判はなにも知らないはずの夫だ。それが、そのときは冗談でなく怯えているようだった。いよいよまずいことになってきた、と思うものの、わたしの身体はなにも感じていない。言われてみると部屋全体がうっすらと暗いし、よくよく考えるとまずツインのベッドが並ぶ隣に洗面台だけがぽつりとあるのはちょっとおかしいが、でもそれだけだ。特にいやな感じもしない。

しかし、夫の怖がりようを見ていると、わたしはなにか見逃してはいけないものを見逃しているのではないか、そしてこれまでもずっとそうしてきたのではないか……という気がしてならなかった。おばけを透かしてしまう鈍いわたしの目、もしかしたらおばけのいるところを平気で通りすぎるかもしれない、ぼんやりしたわたしの身体。怖い怖い。わたしたちは洗面台から離れた方のシングルベッドに鮨詰めになって眠った。言うまでもなく、朝には身体中が痛かったけれど、これもまた理に適いすぎていて、心霊現象というにはしっくり来ない。

悪夢を見て目覚める。心臓がばくばく言っている。悪夢にもレパートリーというものがあって、わたしの定番は、通り魔やテロリストから逃げる夢、誰かを息切れするほど罵る夢、まちがって子猫や小鳥を死なせる夢。しかしいちばん多いのは、「なにか間違えている」というやつだ。「間違える」ではなく、「間違えている」。気づいたときにはすでに、自分の間違いのあとに立たされている。

夢の中で、わたしはなぜか名古屋にいて、突然その日に東京で仕事があることを思い出す。

急いで電車に乗るけれど、あきらかに間に合わないことがわかっている。冷や汗をかきながら、何度も乗り換え検索をくり返す。どれだけ最適な経路を探しても、二時間は遅れてしまうだろう。まだ連絡は来ていない。なにか連絡しないといけない。電車はものすごく暑い。揺れの等速なリズムで、意識がおかしくなってくる。それでいて同時に、ひどく冴え渡ってくる。

ほかの夢では反対に、わたしは車に乗りそこなう。車には夫とその両親、友だち連中、そして現実にはいないわたしの産んだ子どもが乗っていて、それがわたしを忘れて砂漠を出発する。遠ざかるエンジン音。薄着で砂漠に立ちつくすわたし。どうしてこんなことになったんだっけ？　どこで間違えたんだったっけ。いまつい砂の動くのを見てしまっていて、だから、呼ぶ声を聞きそこねたのかも、わたしが。もしくはわたしのいないあいだに、わたしをここへ捨てていくことが決められたのかも。なにか粗相を、わたしが、したために。

もしくはわたしは舞台袖にいて、あと数分で舞台に出なくてはいけない。これもまた急に思い出す、そうだ、今日はわたしのワンマンライブがあるのだった。どうしてこんなに準備しないままここに来てしまったんだろう？　いつもやっている詩の朗読のパフォーマンスのためには手元に原稿が必要だが、その紙もない、暗唱できるものだけでいけるか、でもすでに舞台上で待機している相方のギタリストと打ち合わせしたことも覚えていない。即興、の二文字が頭をよぎる、観客のざわめきが聞こえる、理不尽だと思う、しかし、どうせわたしが間違えたんだろう。

シチュエーションは違っても、至る結論はいつも同じだ。よくわからないけれど、おそらくわたしの間違いによることであるに違いない。わたしは苦々しくそれを受け入れる。次の手を打たないといけないのに、冷や汗が出てきて、いっぱいいっぱいになってしまう。

「手続きに書類が必要なんですが、本日はお持ちですか？」

市役所でそう聞かれた瞬間、さあっと体温が上がるように思う。これは夢ではない、現実の先週のことだ。書類？　見たことも聞いたこともない。覚えがなさすぎて、しまった、という感じもない。

「す、すみません、持ってないです……」

「郵送でご自宅に届いていませんか？」

「と……どいてないと思うんですけど……」

一応そう言ってみるけれど、そのときにはすでに覚悟をしている。そんな書類は知らないけれど、しかし、わたしが間違えているに違いない。あんまりぼんやりしているから、自分が忘れたことさえ忘れているだけで。どうせならもう少しだけぼんやりして、自分が悪いのでないと居直れたらよかったのに、そうすることもできない。なんだかわからないが自分に非があるに違いない、という、手触りのない確信のなかで、わたしはすっかり黙ることしかできなくなる。市役所の人は気まずそうに通告する。「そうすると、本日はこの手続きはできなくなってしまうんです。書類はお手元になければ再発行をしていただいて……」申し訳ないからわかったふうに頷きながら聞くけれど、しかし、わたしはいつまでこのことを覚えていられるだろうか？　この気まずさが、しつこくわたしを魘(うな)すのだった。

たぶん、そんなふうだから、霊感もないのだ。なにもかも見逃し、覚えるはしから忘れてしまう、わたしの鈍い脳みそ。霊感がないからおばけが怖い、市役所も怖い。


悪夢のレパートリーにはもうひとつあって、それが夫にふられる夢だ。死にそうになりながら起きて、だいたいわたしより早起きしている夫に飛びつくけれど、どうも反応がふるわない。適当になぐさめてくれたらいいものを、「君の夢の中のおれは、おれとは関係ないからね」などと冷遇する。

「そんなんはわかってる。であればなおさら、現実のおれはふったりはせんと明言しろ」

「ヤダ」

「なんでじゃい」

「ふだんのおれ見てたら、わかるでしょ。わかんないとしたら、そっちのほうが悲しいよ」

悲しい、と言われて、つい夫の顔を見上げるけれど、夫はこちらを見ていない。

言いたいことはわかる。自分はふだんから愛情を示しているのであって、ここでわざわざそれを明言する必要はない、というのだ。さらに言えば、明言しろと言われること自体、それ以前にわたしがそんな夢に魘されていること自体、ふだん彼が愛情表現のために行っている努力を無下にされるように思える、ということだろう。

わたしだって、と思う。わたしだって、夫を疑っているわけでもないし、ふだんから不安でいっぱいなわけでもない。そう思われたら悲しい、というのだってわかる。日ごろの夫の態度にだって、人並みにうれしく思ったり、胸をうたれたりしていると思う。でも。

「でも、わたしが誰かのふるまいを見て憶測したことは、だいたい間違っているんだよ……」

霊感がないから、他人のことがわからない。

嫌われても好かれてもなかなか気がつかない。かなり後になって知って、ぎょっとする。ほめ言葉だと思って舞いあがるとうまくいかないし、それで「なるほど、社交辞令というやつがあるのだった」と受け流すようにすると、今度は本心だったらしい相手にさびしい思いをさせる。気に病んだことほど相手には大した問題ではなく、許されている気がしたことほど根に持たれている。これもまた、鈍いなら鈍いで開き直っていられたらもっとかわいげもあったかもしれないけれど、違和感が生まれた瞬間に、例のあきらめが襲ってくる。ああ、また、わたしが間違っていたのだな。

だから、「相手にどう思われようが気にしないことにしている」と美学のように言い切る人を見ると、おそろしく、またくやしい。霊感のある人の肝試し、度胸じまんだと思う。寒気がしたり音が聞こえたりしてこそ心霊スポットできゃあきゃあやれるように、まず相手がどう思っているか察知できてようやく、そのように気にするかどうかを選ぶ段階を楽しめるのだ。わたしはそのステージにも立てず、間違えてしまってはじめて、相手がどう思っていたかの片鱗を知らされる。そのときにはもう取り返しがつかず、皮肉にもわたしもまた「気にしない」ことにするほかなかったりする（そういう人の方が、ひょっとしたら多いのかもしれないが）。選べるなんて、うらやましい。見えない方が明らかに怖い。

それが夫となると、なおさら。そんなふうだから、わたしにとって他人と付きあうことは、いつ作動するかわからない自分の間違いを抱えつづけているようなもので、ひどく心もとない。それでどうしても、晴れや雨を待つように大らかにかまえたくなってしまう。事実、誰に失望されようとも、それなりにへっちゃらでやってきた。しかしそれが、夫に対しては上手にできない。わたしの鈍い心は、夫の発する微細なシグナルをなにもかも見逃しているかもしれず、いまも知らず知らず夫をがっかりさせているかもしれない、そしてめずらしいことに、夫をまだ失いたくないと思っているのだった。

「絶対言わないよ」と夫が答える。「ふだん自分が感じてることがわからないんだったら、おれがいまなんて言ってもわからないよ」

「でも……」と言ったきり、わたしはなにも言えなくなる。そして、わたしたちは沈黙する。沈黙がなにかを伝えあえるとは思わない。夫の言うとおりだ。相手が感じていることはおろか、自分が感じていることさえ、わたしにはよくわかっていない。夫は自分の感じていることがわかるんだろうか。わたしのために喜んだとして、それが誤認でないとどうして確信できるんだろう。そればかりか、わたしの感じていることまでわかるというのか。薄暗いホテルで、湿った暗闇の中にある自分の心を思う。わたしの目には見えない、透きとおる夫の心を思う。わたしたちは沈黙しつづける。ただそばにいるだけでわかることなんて、絶対にない。

夫のことが好きだ。

熱が出ると

熱が出ると
あなたに
さわってほしくてたまらなくなる

前髪をかきわけて
ひたいに来た手のひらを
がっしとつかまえて
もう　はなしたくなくなる

他人が

自分より冷たいことは愉快だ
熱力学を
あるいはわたしを拒むように
あなたがどこまでも冷えて
ひたいからはもうもうと湯気が立つといい

あなたがわたしではないことの快楽

あなたと目があっている
あしたが来て
あさってが来たらいい

いちばんふつうの家のカレーが好きなんだよね

古くからの言い伝えによれば、書くことに窮したときには、おいしいカレーの作り方を書くといいらしい。

今日はエッセイを書かないといけないけれど、どうも体調がすぐれない。生理のせいで眩暈と腰痛がひどく、机に座ることさえしんどい。眼鏡をかけないと眉間が重くなるけれど、眼鏡をかけると頭が痛い。あんまりだ。ここでひとつ、寝転んだまま、とっておきのを書いてみたい。

材料は、優先順位の高い順に、玉ねぎ、トマト、ニンニク、生姜、なにかしらの肉。できればひき肉を入れたい。できるだけ、妥協のひと口を減らしたいと思っているからだ。「このひと口はそこまでおいしいわけではない部分だが、皿にあるのでやむなく食べる」というのはむなしいものだ。かといって単調にもならず、ひと口ずつ味が違って、かつ全口（ぜんくち）おいしいのが望ましい。その点ひき肉を入れれば、どこを食べても肉が入ってくるのがいい。ひき肉だけだと物足りなかったり、肉が冷蔵庫に余っているのを見つけたりしたときには、豚こまやら鶏のぶつ切りにしたのやら、なんでも適当に入れる。それから、クミンシード、マスタードシード、パウダーのターメリックとコリアンダーとカイエンペッパー。いっときはカルダモンを入れたり、フェヌグリークや花椒を混ぜてみたり、なんやかんや試したけれど、結局こんなもんでいいということになった。

それから、にんじん、セロリ。じゃがいもは入れない。全体がうっすらざらつくのがいやだから。ただし新じゃがいもだけは別。新じゃがいもの出ている時期は、できるだけたくさんの新じゃがいもを食べたいものだから。

カレーを作ろうと決めたら、まず小さな鍋、大きな鍋、フライパンの三つをコンロに並べる。この三面の上で、ブイヨン、カレーペースト、具材の手順がそれぞれバラバラに進行し、最終的にはひとつに収斂する。それが、カレーを作っていてもっともおもしろいところである。

まず、フライパンにオリーブオイルを広げ、クミンシードとマスタードシードを入れて、弱火と中火の間くらいにする。クミンシードは高級な煙草のような甘い匂いで、マスタードシードはあとでプチプチするのがおいしい。玉ねぎ三つを皮ごと洗って剥き、皮は小さな鍋へ、実は薄切りにしてフライパンへ。にんじんも剥く。にんじんの皮とセロリの葉っぱも小さな鍋へ。にんじんはあとで使うけれど、セロリの茎は筋を取って、その場で味噌か何かつけて食べてしまう。ニンニクと生姜もみじん切りにして、よけておく。これで小さい鍋には、玉ねぎとにんじんの皮、セロリの葉っぱが揃った。そこへ水を満たし、中火にかける。しばらく煮込めば、皮だけで作る貧乏ブイヨンができる。豪勢な気持ちのときにはひき肉もスプーン一杯くらい入れて、ちょっと味の濃いブイヨンにする。

そのあたりでやっとフライパンの玉ねぎが焦げつきはじめるから、木べらを持ち、飴色になるまで炒める。玉ねぎをかき混ぜすぎないように、その間にトマトを準備する。これはわたしの手順のなかでもっとも重要な部分で、手をかけたいのをグッとこらえて鍋を放置しないといけない。そういうときにただ見つめているのはつらいから、一旦別の作業に移るのがいい。そのためにトマトの下ごしらえを後回しにしている。トマトを切るとまな板が果汁で真っ赤に汚れるから、ここでやるのがちょうどいい。玉ねぎが炒め終わったらニンニクと生姜を入れて、ちょっとカレーらしき匂いがしてくるまで炒め、トマトをいっぺんに入れる。強火にして、トマトをマグマのように沸かす。木べらを縦に持って、ピューレ状になるまで乱暴につぶす。一方で、小鍋がぐつぐつ言いはじめたらアクをとり、弱火に落とす。トマトの水嵩がだいたい半分くらいになったら、パウダースパイス類を山盛り入れてかき混ぜる。終始、「炒める」「煮込む」というより、「焼く」という感じで進める。これで、カレーペーストは完成。ここからいよいよ、バラバラだった三本の線を、大きな鍋へ束ねていく。

大きな鍋に油を注ぎ、さっきよけていたにんじん、春なら新じゃがいもを、油の量に任せるようにまったり炒める。じゃがいもを入れたときにはここでおいしいフライドポテトを作るくらいの気持ちでいると、あとあと溶けてきづらいし、味にメリハリもつく。一旦取り出して、同じ油で肉を焼く。塩胡椒と、気持ち程度にスパイスを振りかける。肉が硬くなりすぎる前にカレーペーストを入れ、なじませる。最後に（貧乏）ブイヨンを濾しながら注ぎ、にんじんとじゃがいもを戻して、あとはもうできるだけ鍋に手をかけなくてすむよう、洗い物をしたり台所を拭いたりして過ごす。なにもかも洗ってしまったあと、たったひとつの鍋だけがくつくつ言っている、これがいちばんいいところ。たまに誘惑に負けてアクをとる。そのぐらいでちょうどいいように思う。最後に、ここまでスパイスだなんだと入れてきたのに意外に思われるかもしれないけれど、市販のカレールーを二つ三つ入れる。入れなくてもおいしいのだが、入れてもおいしい。溶けたら火を止めて、夫が仕事から帰ってきたらできあがり。フランス料理のように大きな皿に盛るよりも、小さめの平皿に隙間なくみっしりと盛るのが、かえって贅沢に見える。

実は結婚するまで、カレーは苦手な料理の筆頭だった。小麦粉のとろみも、ごろっとした野菜も、どうしても米に合うと思えない。そのくせ、妙におなかがいっぱいになるのもいやだ。実家でカレーが出るとうんざりした。母が気を遣ってカレーの頻度を減らしてくれたものの、一方の弟はカレーが好物で、ときどき口論になった。年の離れた異性のきょうだいというのはやっかいで、ともするとお互いに、相手のほうが贔屓されていると思えてしかたない。最終的に母は、カレーが出るときにはわたしにだけうどんやらそばやら茹でてくれるようになった。

ところが結婚をしてみると、なんと夫が大のカレー好きだった。これは困った。ただよかったのは、わたしが料理をするのが、そのなかでもあれこれ実験しながら作るのが好きだったこと、そして大人になって以降、「嫌いな食べものを好む」という、へんな趣向を身につけていたことだった。

人に言うとおかしがられるけれど、嫌いな食べものを克服するのが趣味である。もともと嫌いだったのは、鶏のレバー、さやいんげん、生牡蠣、ブルーチーズ、そしてにんじん。わたしの場合は嗅覚がやや過敏で、一度匂いを苦手に思ってしまうと、急に食べられなくなる。けれどもそれを逆手にとって、嫌いなものの匂いに似た食べられるものの匂いを頭の中でなんとか探し当てることで、おいしさへの回路をつなげることができる、という技を発見した。鶏のレバーは、茹ですぎた卵黄に似ている。さやいんげんはとうもろこしに、にんじんはフェンネルに似ている。一度そう思えると、かえって似ているものとは違う、それそのもののおいしさが際立ってくる。それから、おいしい食べ合わせが見つかると、突然そのものだけでも食べられることがある。レモン汁や醤油では食べられなかった生牡蠣は、タバスコをかけたら急においしく思え、それ以降なにをかけても食べられる。ブルーチーズなんてはじめて食べたときにはえずいたし、蜂蜜をかけるといいというから試してみてもダメ、それどころかいっそう強烈な匂いになって、騙されたと思った。しかし、バルサミコ酢が良かった。今となっては蜂蜜をかけたのがいちばん好きだから、なにがどうなるかわからない。ふしぎなことに、どれも一度克服してしまうと、なぜか「食べられる」を通り越して、いっぺんに大好物になってしまうのだ。

そこで、カレーである。幸いというべきか、わたしはいわゆる日本的なカレー、野菜がゴロゴロ入ってとろみのついた茶色いカレーが嫌いな一方、お店で食べるタイカレーやインドカレーは好きだった。しかし夫はまるきり逆、強すぎるスパイスが苦手で、「おれは結局、いちばんふつうの家のカレーが好きなんだよね」と言う。それで、わたしのカレー探求は、その中間地点を探すところからはじまった。カレーに対してまったく異なる嗜好を持つふたりが、共においしく食べられるカレーを作る。それは単なる炊事の領域を超えて、別の家庭で生まれたふたりがこれから寝食を共にしていくための儀式であるように思われた。

週に一回、金曜日をカレーの日とした。まず、それぞれの好きなカレーを一度ずつ作った。

「家のカレー」のときに称賛した夫は、南インド風のカレーに対してはうっすらほほえむばかりだった。それでわかったのは、夫はスパイスというよりむしろ、酸味の強いのを嫌っていることだった。なにしろ、南インド風のカレーにはそこまでスパイスを使っていないのに対して、最初の「家のカレー」にはこっそりしこたま入れていたのだから。

さらにおもしろかったのは、その後たまたま夫がカレーを作ったときのこと。できあがったのはわたしから見るといかにもな、絵に描いたような「家カレー」だったが、夫は「なんか、違うんだよな」と言う。そこではっとひらめく。夫が好きなのは、いわゆる「家のカレー」なんかでは全然なく、インスタントで出てくるような、ほとんどデミグラスソースに近い、肉のうまみの強い欧風カレーではないだろうか？　「ふつうの家のカレー」という言葉に惑わされていたけれど、まずその言葉の意味するところが、わたしと夫とでまったく異なっていたのではないか？

一方のわたしは、「ルー」の部分が主に嫌いである。似ているものを探すと、肉じゃがは好き、シチューはあんまり、でもミルク・スープは好き、ケチャップや中濃ソースはあまり好きではない。では、具の多い、とろみの少ないカレーではどうだろう。

かくして、冒頭に挙げた「おいしいカレーの作り方」ができあがった。スパイスはミニマルに、そこまでとろみをつけず、肉をしこたま入れる。ホールスパイスや野菜にたくさんの油で火を入れるのはいかにもアジアらしいけれど、焦がした玉ねぎと香味野菜のブィヨンは欧風っぽい雰囲気を出す。トマトはフレッシュでたくさん入れるが、煮詰めまくって酸味を飛ばす。それから、誰でもそうかもしれないけれど、夫もまた、見知らぬ味よりも食べ慣れた味を好むらしい。それで、最後にごくわずかに、市販のカレールーを入れることにした。

カレーの工程がひとつの大鍋へ収斂していくように、わたしのカレー探求がひとつのカレーへ収斂してきた何十回目かの金曜日に、夫がふという。

「おれ、好きな食べもの、『このカレー』だな。『カレー』じゃなくて、『このカレー』」

ああ、と思った。ああ。完全な勝利だ。なにしろ、その日のカレーはわたしにとっても十分においしかったのだったし、それ以上に、わたしはついに「ふつうの、家のカレー」に勝ったのだ。ふたつのカレーが勝負をした結果、わたしの作る「このカレー」がよりおいしかった、ということではない。夫のなかでどこにでもあるものとして使われていた、「ふつうの、家のカレー」という広すぎる言葉に、ほかに言い表しようのない、固有の「このカレー」が勝ったのだ。それぞれの広野を持つわたしたちが、しかしかぎりなく狭く重なりあう地点が、「このカレー」によって食卓にあらわれたのだ。

食べもののことを考えていたら、少し体調が良くなってきた。今日のご飯は、コリアンダーをメインにした、根三つ葉と茄子と鶏胸肉のドライキーマカレーにしよう。さんざん書いたわりに、ぜんぜん違うじゃないか、しかも明らかに夫の趣味を外れているじゃないか、と思われているかもしれないが、心配は無用である。これもまたふしぎなことに、「このカレー」がでてきあがって以降、夫もまた、「このカレー」以外のカレーを好んで食べるようになったのだ。

うちではお手伝いひとつしなかったのにね

料理をするのが好きだが、女だからだと思ってもらいたくない。わたしが料理をするのはまちがいなく母の影響で、その母がまさに「女の仕事」として料理をする人であるから、なおさらそう思う。わたしは母の料理を愛しているし、心よりも身体が先立つような尊敬を抱いている。それなのに、それだから、ときどき母を見て、いらだつ。

母は十五年前から自宅で料理教室を経営している。ひとりで試作をし、ひとりでレシピを作り、ひとりでレッスンのスケジュールを立てて、ひとりで印刷をして生徒さんに配る。スケジュールには、毎月小さなメッセージを添える。そこに、「お料理を通して、旦那さんやお子さんに愛情を伝えましょう」というようなことがほとんど必ず書かれているのが、当のお子さんであるわたしの気に入らない。けっ、けっと思っている。十四歳の頃からずっと思っている。

実家ではまったく台所に立たなかったわたしが、結婚したとたん前のめりで料理をするようになったので、母はとても驚いている。「うちではお手伝いひとつしなかったのにね」と嫌み半分でいう。

「台所に立たなかった」と書いたけれど、これはあまり正確ではない。台所には立っていた。ただし、なにもせず立っていただけ。母がこまねずみのように夕食を作る手さばきを眺めながら、わたしが一方的に聞いてもらいたい話をするのが、なんとなく親子の日常になっていた。母は手もとに集中していて、聞いているんだかいないんだかわからない相槌しか得られないのだが、ちょっとするとすぐ愛情とか言いだす人と話すには話半分ぐらいがちょうどよかったりする。

「門前の小僧ね」というのが、だいたい「うちではお手伝いひとつしなかったのにね」のあとに続く。「自分は何もしてなくても、わたしがやってるのを横でちゃんと見ていたのね」

そう、そのとおり。実は、当のわたしも驚いている。やってみるまで、わたしだって自分に料理ができるとはまったく思っていなかったのだ。実家から離れた埼玉の台所でまな板を前にすると、母の手の影が自分の手の上に映る。はじめて触る食材でも、どうしたらいいかすんなりとわかる。

鶏もも肉はまず流水で洗い、よく拭いて、包丁の刃先で血管や脂肪を残さず取りのぞき、指の腹で厚みを確認しながら、均等になるように観音開きにする。青菜は沸騰した鍋にまず根だけを入れて、葉っぱは手で握ったまま三十秒数える、そのあとようやく葉っぱまで湯に入れたと思ったら、冗談みたいな早さで引き上げる。見ているだけで、母が「おいしさ」という儚いもののために手間を惜しまず、彼女の美学をすみずみまで光らせて料理をしているのがよくわかった。それが伝わっていればこそ、実家では手伝いなんかせず、すべて母に任せておきたかったのだよ——というと、母は言いわけされたと捉えて呆れ顔をするのだが。

そうして作った食事の写真を母に送ると、「あなたの愛情が伝わるね（にっこり絵文字）料理の力だね！」と返事が来る。わたしは断固としてそれに反対する。具体的にいうと、「料理の力……（きょとん絵文字）」と返す。つらかったあの思春期、多少反抗したとしても、母の作るお弁当や夕食はきちんと食べた。それはまず、それでも母を傷つけまいとするわたしの手心であったし、どんなに腹が立っていても料理のことはフラットに尊敬していようという意思でもあった。幼いわたしなりに、していいことと悪いこととを必死で見分けようとしていた。それを、「料理の力で家族が円満になっている」と解釈されていることがいやだった。料理教室に通う女たちに、「母の料理のおかげで家族を愛し、健やかに育った娘さん」と見られているのがいやだった。けっ、けっ、けっ！

ついでに、詩人と国語教育という仕事をしていてときどき言われる、「言葉の力だね！」というやつにも、断固として反対したいと思っている。「言葉の力」といわれているもののほとんどは、知識の力であったり、信仰の力であったり、性愛の力であったりする。最悪の場合はそれが権力そのものであったりして、まるで信用ならない。「言葉の力」というときに、言葉そのものの話がされることは少ない。「料理の力」というときに、料理そのものの話がされることが少ないように。


仕事先で「最近食べていちばん美味しかったものは？」と聞かれて、「実家に帰省したときに食べたいわしの煮物です」と答えたら、相手がマァッと顔を明るくした。

「すてき〜！　なんでそんなにおいしかったんですか？」

わたしはムッとする。その前に、「料理は誰と食べるかによっておいしさが変わる」というような話題があったこともあり、わたしに、例の愛情がどうとか、なつかしさがどうとか、そんなことを言わせたいのだろう、と思った。

「母が、いわしの臭みを抜くために、一度お酢で煮こぼしているからだと思います」

「くじらさんは、昔からそのいわしの煮物が好きだったんですか？」

「いえ、母は毎回新作を作るので、これも今回はじめて食べました」

「自分でも作ってみたりしましたか？」

「しましたよ」

「やっぱりお母さんの作るほうがおいしい？」

質問のひとつひとつに、わたしと母のことをすでに準備されたストーリーに載せようとする意図が透けて見え、こちらもむきになる。

「いえいえ、これがね、同じレシピで作ったので、まったく同じ味でした！」

最後のはつい嘘をついた。自分で作ったのはいわしの皮が煮崩れて剥がれ、そのくせ少しパサパサして、煮汁も酒がうまく飛んでいなくて酔っ払いそうだった。しかしそれはわたしの火入れが拙かったためであって、愛情の不足のためではない。そのような解釈は、知恵や技術に対する軽視だと感じられた。

そう、なによりも、母自身のそういう軽視が、いつもいやだった。母が自分の美しい仕事を、家庭を円満に保つための女の役割のように思っていることが。自分の手の上に母の手が映るたび、わたしはうっとりとなる。それでいて、振り払いたいようにも思う。

鶏もも肉の処理を終えたら、両面に塩胡椒をする。十分に熱したフライパンに皮目を貼りつけるようにして広げる。別のフライパンで、ニンニクとベーコンとマッシュルームを入れたオリーブオイルを温める。もうさすがに焦げてしまったでしょ、片面焼くだけで火が通り切ってしまったでしょ、くらいになったら肉を裏がえし、すぐ火を止める。白菜のポタージュをスープボウルによそう。洗ってよく水を切ったベビーリーフを盛り付けて、香りが移ったオリーブオイルをかける。バルサミコ酢と塩胡椒を振る。あとは余熱で火が通ったチキンソテーをお皿に載せて、完成。

幸い、夫も食べるのが好きで、わたしの作った料理を褒めそやし、ばくばくと食べてくれる。その姿を見ているのはうれしい。何度もいうが、料理を通して愛情が伝わったからではない、料理のよさが伝わったのがうれしいのだ。いつものようにつるりと食べきってある日、夫がいう。

「はー、おれって愛されてるって感じするわ」

えっ、ちょっと待って、ちがう、ちがう、それは困る！

わたしは混乱し、しかし母にするようには真っ向から拒むこともできないまま、おずおずとたずねる。

「ご飯作ってもらってるからってこと？」

「うん。それもこんな毎日工夫してさ。おれだったらぜったい無理」

「でもそれは、単に料理が好きでやってることだからねえ」

「それがいいじゃない。君も無理してないし、おれはうれしいし、ありがたい」

あらそう……ということになって、なんだかそれ以上は追及できなかった。あんなに猛反対していたくせに、自分の弱腰がおかしい。あとから理屈をつけたことによればこうである。料理がおいしいのは、もちろん、愛情のためではない。しかし、料理とは離れたところに、それでいて同じ時の上に、布置するようにして愛情もまたある以上、夫は好きなときに好きなようにわたしの愛情を受け取ることができる。そして、受け取られてしまったものに関しては、こちらからはもう手出しができない。

それが料理の力とは思わない。わたしの力とさえ思わない。ひとえに夫の感受性の力である。けれどもそう思うと、俄然自分の立場が悪くなってくる。すなわち、母の愛情をどうにも受け取りかねてきた、自分の感受性の、おそるべきかたくなさ。母は、本当に、料理に愛情を込めているのだろう。そして、それを本当にいいことだと思っているのだろう。受け取るのが自由であるのなら、込めるのも同様に自由である。それがわたしに伝わっていると思い込むのは母の勝手な見立てにすぎないとはいえ、また愛情とおいしさとはまったく関係ないとはいえ。

それをどうにか受け取ってみるべきだったのか――と思いながら、昨日は洋食だったので、今日は和食を作る。鶏もも肉がまだ余っているから鶏大根、蕪と大根の菜っ葉炒めにごまを振ったの、三つ葉と舞茸のお吸いもの。大根をかつら剥きにしながら、また、母の手つきが映って、そこからは、もはや誰のものかわからない愛情が、わたしの意思にかかわらず漏れ出してくるように思われた。それでまた考えをあらためる。いや、愛情というのは、込めるというより前に、生まれたあとはもう勝手にあちこちに混じっていってしまうものなのかもしれない。もしかしたら、母もそうだったのかもしれない。実母（わたしの祖母だ）の作る料理をいつも悪しざまに言い、生まれた土地の方言をけして使わない、わたしの母。伝わりがたい愛情、受け取りがたい愛情を、こぼしたり飲みこんだりしながら、わたしたちは育ったのかもしれない。

お吸いものを飲みほした夫に、「感じましたか、愛情を」というと、「うん」とうなずいた。

結婚してもうすぐ三年になる。あまりにも多くのことがよくわかっていないまま、たくさんの食べものたちが、わたしたちのお腹に消えていく。

あいをたいせつにね！

　我が家のリビングはソファの下にだけカーペットが敷いてあって、そこ以外のフローリングは冷たい。春先とはいえ夜になるとなおさら。夫が帰ってきてシャワーを浴びご飯を食べて、やっとソファに落ち着くのが、だいたい夜の八時ごろ。そのリビングで、わたしは夫に、土下座をしていた。

「お願いします！」

「イヤだっ」

「おねがい……」

　ソファに座っている夫を向いて土下座をしているから、身体が半分カーペットからはみ出して、めちゃくちゃ寒い。フローリングがお腹と平行にくっついて、効率よくわたしの体温を奪っていく。土下座という姿勢にはこういう不利さもあるのだなと思う。これ見よがしに額を床に擦りつけ、もう一度叫ぶ。

「鼠蹊部に、クレジットカードを、通させてください!」

「イヤだってば!」


なにをかくそう、愛がスランプである。

結婚して三年。夫に愛らしきものを表明するために、思いつく限りのことをやってきた。興味がないテレビも隣に座って一緒に観てみたし、肩が凝ると言えばマッサージをしてやった。ジムに通うと言いだした夫を励まそうと、わたしも嫌いだった運動をはじめたが、気づくと夫の方が先に飽きていた。勧められるままに『スラムダンク』を全巻読み、それは本当によかった。後半など読みながら手が震えた。ディズニー好きの夫のために、ディズニーランドのチケットも、劇団四季のチケットもプレゼントした。たまにわけもなく夫をながめたり、触ったりもした。記念日には手紙を書き、虫が出たら率先して殺した。風呂上がりにはわたしの買った高い方の保湿クリームを勧めてやった。

しかし、どれをやっても過ぎ去っていくだけで、わかりやすい手応えがない。夫は喜んだりお礼を言ったりしているけれど、しかしそんなことは目的ではない。わたしは愛をやってみたいだけで、夫の評価を得たいわけではないのだ。夫に、なにか、したい。そのことが、愛の、個別である「この愛」の結実であると納得したい。しかし自分が愛に対して感じている希少さに引き比べると、自分にできることの平凡さに腹が立つ。『スラムダンク』を読み終わり、ディズニーランドから帰ってきたとしても、そのあとにはまた同じような一日がやってきて、どんどんやることが尽きてくる。スランプ。発想の貧困。

それで行き着いたのが、「鼠蹊部に、クレジットカードを、通させてください」だった。クレジットカードの明細というのはいやなものだ。毎月毎月、自分の放蕩が数字になってあらわれる。そうだ！　夫の身体のどこかが、クレジットカードに反応するとしたらどうだろう？　夫の身体にふれることでわたしのカードからなにか引き落とされ、それが明細に反映されて、いつまでも残るとしたらどうだろう。ちょっとドキドキする。そもそもクレジットカード決済のあの手順はなにか儀式的な気配を帯びている。暗証番号といい、店員が目を背けるそぶりといい――するとしたらどこか。鼠蹊部だ。鼠蹊部しかない！

以上のようなことを、仕事から帰ってきた夫に滔々と語ったのだったが、夫はガマガエルを見るような目で首を横に振るばかりであり、冒頭の土下座に至る。土下座をしつつも、気持ちでは負けていないわたし。袖口にはしっかりクレジットカードを隠している。夫がいよいよ無視に入ったところをねらい、鼠蹊部めがけて飛びかかった。しかし夫のすばやい反撃、体格差には勝てず、あっという間にソファの上に組み伏せられてしまった。

不意打ちが失敗した気まずさをへらへらしてごまかしていると、夫が鼻で笑った。

「ばかだ、この人は。頭がおかしい」

かくして、わたしのクレジットカード奇襲作戦は失敗に終わった。

ところで最近、自分が冷やご飯が好きなことに気がついた。これまでは自分のことを、炊き立てのご飯過激派くらいに思っていたのが、とんでもない。常温に冷えたご飯もおいしいじゃないか。うちの実家には炊飯器がない。母が愛用する羽釜で米を炊く。だから、冷えたご飯は身近すぎるほどだった。けれども結婚によって、わたしの生活に炊飯器が登場する。それではじめて、炊飯器のある家ではお米は常温で冷めていかないのだということを知った。保温機能があるからだ。それで、この頃はご飯というと保温していたものか、炊き立てか、または解凍したものか、のいずれかとなっていた。

ところがある日、気まぐれに鍋で炊飯をしたために、久しぶりに冷やご飯と対面した。うーん、まあいいか、ぐらいに思って食べると、これが驚くほどおいしい。自分の出した湯気で保湿され、炊き立てよりむしろもっちりしている。噛みごたえもあって甘い。コシのある冷やしうどんのようなおいしさ。衝撃をうけながら、なにもかけずに茶碗一杯ぺろりと食べた。

それ以来、わたしに常温ブームが巻き起こった。里芋や大根の煮たの、おいしい。味噌汁もいける。もやし炒めはナムル。豚バラの茹でたのは脂が固まってよくないか、と思いきや、口に入れると体温でやわらかくなって、意外なおいしさ。カツ丼、最高。熱いはずのものを冷ますのはいい、では冷たいはずのものを常温に戻すのはどうか。冷奴、うまい。納豆もおいしい。りんごなんて甘ったるいほど。牛乳、これは最悪。牧場の味がする。しかしヨーグルトは案外悪くない。元・炊き立て過激派のわたし、極端に熱い食べものと極端に冷えた食べものとを愛していたはずが、突如常温派に寝返ることになった。

いまとなっては、アツアツかヒヤヒヤにしか興奮しなかった自分のことが恥ずかしい。常温は大人の世界である。安易に過剰を愛さず、肩の力を抜いて、微細な味わいを楽しむ。実家を離れて日常的に料理をするようになったことも、わたしを常温へ駆り立てた要因のひとつかもしれない。食べものにはみなちょうどいい火加減というものがある。早すぎても遅すぎてもいけない、水加減にしても、塩加減にしてもそう。もともとわたしという人間はすぐに思考が極端になる方で「熱ければ熱いほど、甘ければ甘いほどおいしい」だとか、「よいことはすればするほど、よい」だとか思いがちだったけれど、ものごとには加減があるらしい、というのが、このところの最新の知恵である。

台所に立って、味噌汁に火を入れている。ネギと椎茸を入れ、味噌を溶かして、一度沸騰させる。白味噌は風味が飛ぶから沸かしてはいけないけれど、赤味噌はちょっと沸かしたほうが好みの味になる。ふつふつ沸いたくらいで火を弱めて、塩抜きしたわかめを入れる。火を止めると、一部始終を後ろから眺めていた夫が、わたしの顔を覗きこむ。

「君の愛情というのはさ、基本的に鍋底の円周を超えていて、鍋肌も焼いているわ、熱効率も悪いわで、エコではないね」

　急にしゃべったと思ったら、失礼なことをとめどなく言われて、びっくりした。以前わたしが同じように料理をしながら「火のはじっこが鍋肌から出ないように気をつけるんだよ」と話したことを覚えていたのだろう、小さい鍋で鍋底からはみ出すほど火を強くしてしまうと、はみ出した部分が高温になりすぎて側面が焦げついてしまうし、火も全体に通りづらい。しかし、わたしの愛情が、なんだって？

　夫はにやっと笑って、さらに続ける。

「でんこちゃんが怒るよ」

　でんこちゃんというのは、東京電力が省エネルギーをＰＲするときのキャラクターである。黒いポニーテールに赤いリボン、電気の無駄使いをいさめる「でんきをたいせつにね！」が決め台詞。たちまち、そいつがにやにやしながら心の中に現れて、語りかけてくる。

「あいをたいせつにね！」

　でんこになにがわかるんじゃ。

　というか、もとよりガスなんだからでんこには関係ないだろ。ひとりになったあと、常温のベーコンをかじりながら考える。まさか、愛にも、加減があるのだろうか。愛なんて、あればあるだけよいと思ってきた。愛とパートナーシップに関する双方の合意を確認して、ついでに婚姻関係まで結んだ以上、いけるところまでいきたかった。

　でんこちゃんにまつわる夫の暴言はあのあともう少し続いた。

「強すぎて逆に熱効率が悪くなるっていうのが、君っぽくて、いいよね」

　いいよね、というのはなんなんだと思うが、言いたいことはわかる。適温の愛なら少なくとも、土下座はしないだろう。夫の鍋肌を焼く自分の愛を思うと笑ってしまう。夫に、なにか、したい。けれども、自分が夫に対してできることは、どれも自分が夫に対して感じている愛に適合しない。それでつい、やりすぎてしまう。わたしばかりがもうもうと燃えている。

　ご飯なら外に出しておけばいい。では、愛を適温にするためには？

　そうして、常温ブームに後押しされる形で、「常愛」ブームがわたしを訪れた。ブームといっても、これはほとんど試練だった。その日いちにちに起きたことをぜんぶしゃべりたくても、少しがまんする。誕生日でもないのにプレゼントを買わない。噛まない。なんでもひと口あげようとしない。急にスウェットの両袖を引っぱって結び目を作り、動きをふさいだりしない。

しかし過剰を愛する本来の性質が邪魔をして、「しない」という実践はひどくもどかしい。まず、どのようなチャレンジが行われているか夫に伝わっていないのが悔しい。

けれど、ひとつだけいいことを見つけた。

夫は眠りが浅い。早く寝ようが遅く寝ようが、どうしても深夜に目が覚めてしまう。朝になると身体中が痛いと言い、苦しそうにしている。それがいたたまれなくて、毎日布団を整えることにした。「常愛」の実践というよりは生活の雑事としてはじめたことだった。すると、ときどきではあるけれど、夫はよく眠るようになった。

窓をあけて、一枚ずつ布団を持ち上げ、埃をはたく。敷き布団の上で四つんばいになってシーツのしわを伸ばす。掛け布団の角をつまみ、一枚ずつ高いところから、空気を含ませるように重ねる。仕上げに、布団のまわりに掃除機をかける。それは、夫になにかする、というのとは違ったけれど、しかしうれしかった。夫に愛を表明する代わりに、いま夫の布団に表明しているのだ、という気がした。

もしかしたら、愛を適切に温めるのは、それではなかろうか。いつでも、夫になにかしたいと思っている。できたら、夫を大切にしたいと思っている。それをぐっとこらえて、夫の存在をひとつ飛ばしに、代わりに夫の睡眠や、夫の仕事や、夫の家族や、夫の身体を大切にする。夫の持っているものを、わたしが一緒に大切にする。それが、強すぎず弱すぎもしない、愛というものの適温ではなかろうか。
それですっかりひらめいた気になって、以上のようなことを夫に滔々と語ったけれど、夫は
「それもまた考えすぎでしょ」と笑うのだった。

ごめんね、ハイジニーナちゃん

九月のある晴れた昼、ハイジニーナにした。そんな小洒落た当世風の言いかたではなんのことかわからず、どこの少女かと思われた方もあるかもしれない。もっと有り体に言おう陰部の毛をみんな剃った。

ことの発端は夫とのしょうもないやりあい。リビングでそれらしき毛を拾い、鬼の首を取ったように夫に「おいっ、君の毛を拾ったぞっ」と絡んだところ、即座に「君のかもしれないだろ」と言いかえされた。ぐう。本当にそうだ。なにも言いかえせない。しかし日ごろ自分の性器周辺のことをまったく意識せずに暮らしているせいで、指摘されるまでその可能性に気がつかなかった。そのような毛は自分とはなんの関わりもなく、夫のものに違いないと決めてかかっていたのだった。

あまりに早く言い負かされてしまったので、くやしいを通り越して感心さえした。そしてその勢いで、夫のいない隙にえいやっとぜんぶ剃ってしまった。これでもう次からは、こうだ。

「いいえ、絶対に君のです。なぜなら――」


しかし、お風呂場で毛を剃り終えたときわたしを襲った高揚感は、そればかりではなかった。前述した通りわたしは日ごろ自分の性器と距離を置いている。何を隠そう、自分の性器が怖いのだ。それを名指すどのような言葉も人前で口に出してはいけないと教わって育ち、男の子たちが「ちんちん」と唱えあっては笑い転げるようになっても、女の子たちは沈黙を守っていた。わたしたちの身体についているそれには、「ちんちん」のようなキャッチーさがない。見た目もなんかちょっと気持ち悪いし、まずあの角度ではふつうに暮らしていて視界に入ることはほとんどない。しかも月一で否応なしに血だらけになるときた。怖すぎる。自分の身体の一部でありながら、なんとなく触れてはいけないタブーのように思ってきた。

それが、なんということでしょう、毛を剃っただけで、しれっと眼前にあらわれた。あの見えなさは、角度がどうこうという以上に、単に毛によって隠されている部分が大きかったのだ、と見えてみてはじめてわかった。二十八年を共にしてきたはずなのに、初対面みたいだった。

「やあ!」とハイジニーナちゃん。「あっ、えっと………」とわたし。人見知りである。

そしてハイジニーナちゃんは、なんということでしょう、かわいかった。

毛を剃ったばかりなので、当然すべすべしている。なんとなく皮膚だけのイメージを持っていたけれど、案外脂肪がついている。そういえば「丘」に喩える隠語があったような、なかったような、たしかにそう、丘陵である。ちいちゃくてやわらかくてすべすべの、肌色の丘、赤ちゃんの丘。かわいい。こんなにかわいい部位が自分にあったなんて。そして、それをこれまであんなに恐れてきたなんて。

わたしは、近所の薬局まで走って行った。たいして急いでもいなかったが、あふれてくる高揚をダッシュにぶつけた。数日後に生理が来る予定の日だった。ハイジニーナにすれば生理中も衛生的だと聞いたことがあったのも、わたしを勢いづかせた要因のひとつだった。そして、普段よりワンランク高級なナプキンを買った。ハイジニーナちゃんをできるだけ大切に扱ってやりたかった。

ああ、ハイジニーナちゃん。わたしはなんだか君を誤解してきたような気がするよ。わたしはすっかりハイジニーナ・ハイになっていた。周りのみんながどんなに君を腫れもの扱いしても、君は第一にわたしの身体であって、わたしまで君を怖がることはなかったね、というふうなことを思った。帰ってきた夫に「そういうわけで、これからは例の落ちている毛がわたしの毛であるということはないのですよ」と胸を張っても、反応はいまひとつだったけれども、もはやそんなことはどうでもよかった。夜が更けてくるとさらに気が大きくなり、これこそが女性としての主体性の回復の第一歩である、女性はみなハイジニーナちゃんと出会うべきだ、秘匿される一方で消費されてきたハイジニーナちゃんを、そのように自分の手の中へ取り戻すべきだ、というようなことさえ考えた。

ハイジニーナちゃんが突如として牙を剝いたのは、その翌朝のことだった。

後になって知ったことだが、本来ハイジニーナにする際には、専用の器具を使い、清潔な環境を整えて、さらに事後のケアも欠かさずに……と入念な手順を踏まなければいけないらしい。にもかかわらず、所詮は衝動でやったこと、わたしの手順はすべてがおろそかだった。下着の中の痛みで目を覚ます。昨夜はあんなにかわいかったハイジニーナちゃんは、見るも無惨に赤く腫れ上がり、あちこち丘疹ができたり、皮がめくれていたり、出血したりしていた。

自分でも驚いたことに、このことはわたしにとって、重大なアイデンティティ・クライシスと受け止められたようだった。トイレに行ってハイジニーナちゃんと顔をあわせるたび、ひどくみじめで涙が出た。自分という人体の美醜をさほど気にせずに暮らしてきたわたしにはかつてありえないほどの衝撃だった。下着で隠れる部分が荒れただけで誰に見られたわけでもないのに、いま自分ほど醜い存在はこの世にいないように思われた。

ハイジニーナちゃんの復讐。ばかげた考えだが、そのときはそのことで頭がいっぱいになった。あわてて保湿をしたり薬を塗ったりして、贖罪のごとくハイジニーナちゃんに尽くさなければいけなくなったのも、復讐されている実感を強くした。そこらにあったカミソリでぞんざいな剃毛をし、ハイジニーナちゃんを傷だらけにしたことに対する復讐。いや、根はもっと深いところにある。

奇しくも同じように、自分の裸を見るたびにみじめで泣いていた時期がある。中学生のころ、急速に胸がふくらみはじめた。その事実を受け止めきれず、小学生の頃から使っているスポーツブラでどうにか凌ごうとしていたけれど、そのうちゴムが伸び伸びになって、ブラジャーを買わなくてはいけなくなった。売り場でいちばん地味だった白いレースのブラジャーをつけて鏡の前に立ち、なんだか喜んでいる母の隣で、わたしは絶望的な気持ちだった。なんだこれ、女みたい。きもちわる。なによりも、胸がなかったころにはもう戻れないことが悲しかった。自分は「女」なるものへの道を否応なしに進まされてしまって、それは不可逆であり、もう元の自分に戻る道は用意されていない、と思った。

カトリックの信仰のなかで育ったので、「イブ（最初の女）はアダム（最初の男）の肋骨の一本から作られた」と教えられた。そのころ、インターネットでは「スイーツ（笑）」という言葉が流行っていた。「デザート」が「スイーツ」と呼ばれはじめたころで、そのような流行り言葉をすぐに使う（主に）女性を冷笑するための言葉だった。それが次第に元の文脈から離れ、（インターネットをやらない層の）女性の代名詞として使われるようになった。そこからさらに意味が変転し、当時流行していた携帯小説や恋愛ドラマのブームを揶揄する向きも後押しして、「女性＝流されやすく、恋愛至上主義で、軽薄である」というような固定観念を含んだ言葉になっていったように思う。

どうしてここまで覚えているかといえば、陰気な中学生だったわたしが昼夜インターネットに入り浸り、その変遷をリアルタイムで見ていたからだ。そしてややこしいことに、当時のわたしもまた、携帯小説や恋愛ドラマをほとんど憎んでいた。どちらかというと女性が性愛の対象であり、しかもその目覚めが遅い方だったので、周りの女の子たちがアイドルその他の「イケメン」たちに熱を上げるのにまったくついていけなかった。かつ、そんなに学校にも馴染めていなかったために、多くの同級生を恐れると同時に軽蔑していた。自分だけは違うと思っていた。違うことが苦しかったし、それでいて誇りでもあった。それで、自分が携帯小説や恋愛ドラマに関心がないことを、同級生たちと自分とを線引きするちょうどいいファクターのように思っていた。

そのようなわたしにとって、「女性＝流されやすく、恋愛至上主義で、軽薄である」という決めつけは、ひどく都合の悪いものだった。自分のもっとも嫌っている集団に、ただ女であるというだけで、自分まで一緒くたにされてしまう。それをはねのけようとして、わたしはいっそう女の子たちを嫌うようになった。一方で、女と見るや「スイーツ（笑）」と嘲ってはばからないインターネットの男性たちも憎かった。

「スイーツ（笑）」にもなれず、「スイーツ（笑）」と嘲笑する仲間にも入れない。ときどきお風呂場で自分の裸を見て、泣いた。「女」になることを逃れられない呪いのように思った。五つ下の弟が成長してくると、「わたしは女だから、いつか必ず弟のほうが賢くなる」と思って死にたくなった。女性全体が「スイーツ脳」（このひどい言葉も、当時本当にあったのだ）だなんてばかげている、と思っていたし、もしも仮にそうであったとしても自分だけは違う、と思っていたけれど、それでも心の底では諦めていた。だから、胸が膨らんでくることは死刑宣告のようだった。わたしはこのまま、男を喜ばせるような身体になり、「女子力」で価値を測定され、どこかのアダムのお茶汲みか進行役かなんかさせられて、そして「スイーツ脳」になって死ぬのだ、と本気で思った。ただ年をとるだけで、望まない性のイメージが外側から身体にのしかかってくる。そのことがみじめでしかたなかった。

トイレで涙をぬぐって、心の中で思う。ごめんね、ハイジニーナちゃん。あれから、胸はずいぶん大きくなってしまった。胸のために泣くことはもうない。賢い女性とも愚かな男性とも

（もちろん、それぞれその逆とも）たくさん知り合って、ゆるやかに悲観せずにすむようになってきた。

けれども、ハイジニーナちゃんがその姿をあらわしたとたんに灼けるように痛んだこと、それも、わたしがカミソリでつけてしまった小さな傷を増幅させる形で痛んだことが、自分が自分の女体を軽んじ、傷つけてきたことへの逆襲のように思われてならなかった。たくさんの否定や偏見のなかで、最後にわたしの性を否定するのは、いつもわたしだった。自分に性器があることをなるべく忘れてきたわたし。一緒になって女性を見下すことで、自分だけはどうにか蔑みのまなざしから逃れようとしていたわたし。性器の正しいあやし方も知らないわたし。いまになってそのしっぺ返しが来たのだと思った。そして、そのことにひどくショックを受けるほど、わたしはどこかでもう自分の肉体が女であると認めていたのだ、と思った。

ごめんね、ハイジニーナちゃん。わたしの贖罪を受けてか、単に時間の経過によるものか、少しずつ傷を癒し、そしてすでに新しい毛に隠れはじめているハイジニーナちゃん。これに懲りてたぶんもう会うことはないと思うけれど、しかし再び隠れてしまったとしても、ハイジニーナちゃんはずっとそこにいて、これからもいるんだよね。

自分に女の胸があることをなんとなく受け入れたころから八年ほど。もう書くのもばかばかしいくらい当たり前のことだが、わたしには女の性器がついている、ということを、いま受け止めはじめたような気がする。世紀の発見とはこのこと（だじゃれです）。

夫を言い負かす自分をごきげんで想像していたけれど、撤回することにする。次にリビングであやしい毛を拾っても、いちいち夫に絡んだりしない。それが、夫のものである可能性と、自分のものである可能性のなかで、ただぼんやりとしてみたい。そのぼんやりのために、すっかり荒野となったハイジニーナちゃんにせっせと水をやり、畑のように成長を待っている。

関西弁で、しゃべってみたいわあ

電話に向かって、「関西弁で、しゃべってみたいわあ！」とさけぶ。するとただちに、「せやろか」と返ってくる。エスちゃんである。へたくそな関西弁で、「せやねーん」と答えると、「ヘタやねえ」といわれる。わたしはこれがおもしろく、うれしくてしかたない。

例によって夕方、わたしたちは連れ立って事務作業をしていた。面倒くさがりのふたりで、そうでもしないととても取りかかれないのだ。手を動かしながらだらだらしゃべろうというこ とのはずが、そのうちそれぞれ集中しはじめ、電話のホワイトノイズだけを残してしんとしてしまう。それはそれでいいのだが、そのうちふっと、自分がひまであることを思い出す。手元に集中していた意識がひとたび戻ってくると、事務作業なんてもう本当にどうでもよく、どんどんひまになる。それで、「関西弁で、しゃべってみたいわあ！」である。

エスちゃんは関西で暮らしていたことがあり、わたしよりかなり関西弁がうまい。ふだんふたりで話しているときは互いに関東弁だが、わたしがこんなふうにふざけると、かならず付き合ってくれる。それはもう、かならず、付き合ってくれるのだ。事務作業の途中であろうと、ぜんぜん関係ない話題の途中であろうと、どちらかがうとうとしていようと、わたしが「関西弁で、しゃべってみたいわあ!」といえば、エスちゃんは「せやろか」だとか、「しゃべってるやんか」だとか、「ええやん」だとか、即座に関西弁で返してくれる。この、かならず、がうれしい。コミュニケーションが、成立している感じがする。

そういえば、インターネットの古い遊び、「ぬるぽ」「ガッ」というのが好きだった。誰かが掲示板に「ぬるぽ」と書き込むと、それに対してかならず他の誰かが「ガッ」と返す。それだけといえばそれだけなのだが、それもまたその「かならず」が、そして速度がいいのだ。ほとんど意味のない、あったとしてもすでに形骸化している言葉を、しかしかならず誰かが答えてくれる、と信じて投げかける、なんてすてきなことだろう。さらには、なんと返ってくるのかまで確信していられるのだ! そんなこと、平時のあのまどろっこしいコミュニケーションにはありえない。もっとたくさんあればいいと思う。ちなみに、エスちゃんに「ぬるぽ」とラインしたら、「古いねん」と言われて終わった。なんでやねん。

平時のあの、まどろっこしいコミュニケーション。

「関西弁で……」や、「ぬるぽ」以外の自由ななにかを投げかけるとき、こちらはなにも信じることができず、予測できない返答にいつも少しずつ身を凍らせている。反対に相手から投げかけられたものだって、うまく打ち返せることなんてほとんどない、決めごとのない厳しいゲーム。いや、決めごとがまったくないのならまだましで、実感としてはとても微細で入り組んだ決めごとがきちんと存在していて、わたしにだけそれが見えていない。大人数の飲み会でみんながいっせいに笑うたび、「太鼓の達人」をやらされている気分になる。両手にバチをにぎらされて、右から左へ絶え間なく流れてくる合図を目がけて振り下ろさなければいけないけれどしかし、わたしにだけ、その合図が見えていない。そしてどうやら、エスちゃんにも見えていないらしい。

「『エスさんって、話しやすいですね』って、どういう意味なん？」

突然そうたずねてくるが、前段でわかる通り、あきらかにわたしに訊く質問ではない。

その証拠に、

「相手によるやろ」

と身も蓋もない返事をすることしかできない。

「普通の仕事の人よ。てかまずいろんな人に言われるのよね」

エスちゃんが関東弁に戻ったので、わたしもおとなしく追従する。

「そりゃ、めちゃくちゃ話しやすいんでしょ」また、身も蓋もないことを言ってしまう。

議題が苦手分野というのもあるけれど、単にエスちゃんに身も蓋もないことを言うのが好きである。本当は誰と話しているときにも一旦身も蓋もないことが脳裏に浮かんでいるが、エスちゃん以外の前ではなんとかこらえているのだ。「てかまずいろんな人に言われるのよね」「そうなんだ。なんでだろうかね？」というふうに。

「んんん」と唸るエスちゃん。

「そこには、これからもっと仲良くなりたいですよ、みたいな意味は含まれる？」

「含まれるのでは」これは適当に答えているだけ。

「あなたのこと、話しやすいな、と思ったとして、それを表明するかどうかは自由なのであって、そこをわざわざ発語する、というのは、好意の伝達なのかもしれない」

「なるほど」

「そして、わざわざ好意を伝達する、というのは、関係をステップアップか、少なくとも持続させたいですよ、というメッセージなのでは。仕事仲間がそう言ってきたのなら、より親密な関係に移行することを見据えているのかもしれない」

「わかってきたな」

「わかってきたなあ」

素人ふたりの合議にしては、なかなかいいところへ行った。まずエスちゃんの質問からして、言葉に含意のある前提で話せているし、さらにそれを何段階か踏み込んで読もうという意識がある。さすがにふたりとも、伊達に二十何年も痛い思いをしてきていない。

気をよくして夫に、「今日、エスちゃんとこのような結論に至ったのだよ」と話したら、「あー、ぜんぜん、間違ってるね！」と一蹴された。夫はわれわれよりも社会一般のコミュニケーションに明るい、少なくともわれわれの間では明るいとされている。

「ぜんぜん違うでしょ。仕事相手にそんなに正直にしゃべんないし、だいたいそんなに考えてしゃべんないよ。なんか言わないと間が持たないときに、そういう当たり障りないこと言っておくんでしょ。おれも言うよ、『話しやすいですね』って。容姿とも関係ないし、自分の感想だし、相手いやな気しないし、けどそんなに好き好きって感じにもなんないし、ちょうどいいからね。そんなことで喜んでたら相手びっくりだと思うよ」

賢者！　非常にもっともらしい。ショックである。喜んでいた（たぶん）のはエスちゃんであってわたしは関係ないのだが、しかし気恥ずかしい。言われたことを実態以上にプラスに受け取ってしまったというのは、いたたまれない気持ちのするものだ。

わたしとエスちゃんの見逃していたことがある。話すことに長けた人たちにとっては、ときに「話す」が「思う」より先に立つらしい、ということだ。相手はなにか思った上でそれを出力している、という前提で話していたけれど、違う、なにか思ったから話すのではなく、話さないといけないから話すのだ。あらかじめ想定された会話の型のようなものがあって、会話が続くかぎりはどうにかそれを埋めないといけない。

A「お疲れさまです」
B「お疲れさまです」

この場合、Bの「お疲れさまです」は決まっていて、ほとんど検討の余地はなさそうだ。ここまではわかる。問題はこのあと、どうやら互いに話すことがないとき。わたしなどは、話すことがないのなら黙っていればよい(=話しはじめられたことは、話すに値する必然性のあることである)と思ってしまう。が、実際にはそのあともこのように、検討の余地の少ない「型」が続くらしい。

A「お疲れさまです」
B「お疲れさまです」
A「[空欄](なにか言う)」

B「[空欄]（それを受けてなにか言う）」

　この、[空欄]（なんでもよいけれど、なにかを当てはめなくてはいけない）」の存在が、当たり前に見えて、わたしたちの盲点に入っていたのだった。そこで言葉に窮したとしても、[空欄]が迫ってくる以上はなにか言わないといけない。それで、間に合わせの「話しやすいですね」が出てくるらしい（ただ、前の例のAの空欄でそれが出てくるとは思えない。かといってここで適切な例が出せるのなら、こんなことで苦労はしていない）。「らしいよ」とエスちゃんに伝えると、エスちゃんは「くそが」と言った。

　しかしそう思うと、

わたし「関西弁で、しゃべってみたいわあ！」
エスちゃん「せやろか」

　これには、一切の[空欄]がない。一切が決まりごとで、間に合わせをする必要がない。A「ぬるぽ」とくれば、B「ガッ」である。ある種の「型」と言えないこともないが、しかし[空欄]に比べてみれば、なんと低レベルなことだろう。

「死を、意識してきましたね」

と、エスちゃんがいう。

「やはり合理的に考えて死ぬしかないという気持ちになってきましたね」

これもいつものことだが、いつでもわたしには返す言葉がなく、しかし、なにか言わないといけない。[空欄]。しかし、わたしが、なにか言わなくてはいけないのか、と思う。この低レベルなわたしが？ 決まりごとのない空白が、あまりに広大に立ちはだかる。

けれど、こうも思う。わたしたちの「関西弁」は、ほんとうに低レベルなのだろうか。

アルフォンソ・リンギス『何も共有していない者たちの共同体』に、コミュニケーションの入り口についての記述がある。わたしたちの盲点を、これまた的確に指摘するような文章である。


コミュニケーションを始める入り口には、二つあることになる。一つは、自分の目にするものと考えることを客観化し、それを共通の合理的な言説によって言い表わし、語られるべき内容の代表者ないし代弁者として、他者と同等かつ交代可能な人間として語る方法である。そしてコミュニケーションへのもう一つの入り口は、本質的なのは、きみ自身、きみが何かを語ることだという状況である。

語る内容が語るに値するかどうかは、コミュニケーションにとって常に重要なわけではない。語るに値することしか語らないうちは、お互いに代替可能な存在の域を出ないのだ。わたしたちはそこを見落としていて「話しやすい」を読みまちがえ、しかし「関西弁」はどうだろう？

わたし「関西弁で、しゃべってみたいわあ！」
エスちゃん「せやろか」

[空欄]はなく、「何かを語る」というにはまるで足りない。しかしそれでいて、そもそもこんなこと、してもしなくてもいいのだ。わたしだって相手がエスちゃんでなかったら、こんなふうに絡んだりしないだろう。コミュニケーションに盲いたふたりが低レベルな約束ごととして話す、かたや流暢な、かたや片言の関西弁。この低レベルさそのものが、そして何より、それにかならず付き合ってくれるふざけた友だちが、わたしにうれしい。[空欄]を読み落としてまごつくばかりのわたしにはこれが、代替不能なコミュニケーションを手に入れるための、かけがえない（幼稚な）手段なのだった。

そして、リンギスがまたこうも書いていることが、わたしを震えさせ、そしてどうしようもなく励ます。

何も言えないという言語の恐ろしい無力さに意をくじかれて、死にゆく者の枕もとに赴かない人びとがいる。何も言えない状態に置かれて、すでに他者とともに自分も死と沈黙の地に運ばれてしまっているかのように、彼らには思われるのだ。だが、もしきみが少しだけ勇気をだして出かければ、きみはその場にいて、何か言わなければならないことを確信するはずだ。要請されているのは、きみがそこにいて語るということである。何を語るかは、結局のところ、ほとんど重要ではない。

希死念慮を述べたきり、エスちゃんは電話の向こうで黙っている。所詮、発語する値打ちのないことは発語されないと思っているようなわたしたちだから、それは単にそれ以上話すことがないからなのかもしれない。けれど、いま、なにか言いたいと思う。[空欄]が迫ってくることを、またそれが決めごとのない[空欄]であることは、相変わらず、どう考えても、怖い。他でもないこのわたしがなにかを要請されているということの、なんというおそろしさ。しかしおそれながらも、そこにいつづけたいと思う。

ホワイトノイズがずっと聞こえている。わたしは口をひらく。到底無意味なこと、なんの効力も持たないこと、語るに値しないことばかりが、喉の底に控えている。

引用：アルフォンソ・リンギス・著／野谷啓二・訳
『何も共有していない者たちの共同体』（洛北出版：二〇〇六年）

あんまり、遅くならずに帰ってこようね

結婚以降、夫と出かけたあとに消化不良を感じることが増えた。というとよくある倦怠期に聞こえるが、おそらくそれではない。夫といること自体が退屈になったという感触はなく、むしろ恋人時代よりおもしろいと思うほどだ。もともと共におしゃべり好きで、かつあまりロマンチストでないために、いちばんメジャーなデートコースは路上、次いでコンビニのイートインであったふたりである。路上がコンビニよりも上に来るのは、なんといってもお金がかからないからだ。万年すかんぴんなふたりでもあった。しかし家があれば、タダでいくらでも座ってしゃべっていられる。とにかくわたしの夫というのは、レストランや美術館にいるときよりも、そのへんでしゃべらせておくほうが愉快な男なのだ。同居したからすなわち倦怠、というのは、どうもわたしの感覚にはそぐわない。

不満に思っているのは内容ではない。時間、つまりは量だ。結婚してからというもの、出か

け際に車に乗り込みながら、夫はかならず念を押すようになった。「あんまり、遅くならずに帰ってこようね」。これが毎回釈然としない。「いまからお昼食べて、用事ぜんぶ済ませても、夕方くらいには家に戻ってこれるね」。その、「これるね」というのはなんだ、と思う。

わたしたちがなぜ路上にばかりいたかといえば、前述の理由に加え、とにかくデート時間が長かったから、というのも大きい。朝九時に合流して夜十一時まで遊んでいることはしょっちゅうで、気まぐれに始発で集まることもしばしば。友だちに話すと、なにをそんなにすることがあるのか、と呆れられたが、ないに決まっている。それがないから、路上をぶらつくのだ。コンビニでもイートインは夜十時に閉まってしまう。そこから、門限ギリギリまでの一時間、わたしたちは放り出されたようにして歩く。その寄る辺なさが好きだった。時間がつぶれればなんでもいいとはいえ、どこか目的地は欲しいから、ちょうどいい時間で着くどこかの駅を目指す。そうすると、都市のけものの道のような、よそものが歩くためには作られていない道ばかりがあらわれる。どうやって建てたのか想像もつかない坂道の住宅街、唐突に出てくる階段、落書き、法外な雰囲気のする自動販売機、用途のわからない巨大な円柱、静まりかえった幼稚園、そんなもののなかを、わたしたちは歩いた。まったくの偶然で出会う、もう二度と見ないかもしれない雑多なものたち。知らない道はいつもわたしの想像を超える。そのなかに身を投じることは、わたしの快楽だった。

そこへ、「夕方くらいには家に戻ってこれるね」ときた。夫はといえば、さほど未知のものを愛する性質ではない。なるべく自分のコントロール下でものごとが進むことを好み、整理整頓や作業の効率化で心を弾ませる、わたしからすると信じられない嗜好の持ち主である。なるべくお金をかけないのも、なるべく長く共に過ごすのも、その結果夜の路上にばかりいたのも、そこが奇跡的に夫の合理性とわたしの無頓着とが合致する点だったかららしい。結婚するまでそんな大きなズレに気づかなかったのだから、おそろしい。

門限や貧しさという制約がなくなって、夫はやっとのびのびとふたりのデートを自分の管轄下に置けるようになったのだろう。「おれはね」と夫はいう。「早起きして、やらないといけないことが早くに終わって、家でのんびりするというのが、いちばん充実した気持ちになるんだよ……」

しかしわたしにしてみると、計画通りの一日にはどこか張り合いがない。とにかく予想外のことが好きなのだ。ときには知らない道を歩くような時間がほしい、だらだらとしたい、それでいてはしゃいでいたい。一日の終わりまで予定を立てるなんてせずに、次の動きだけ出たとこ勝負で決めて、常にまだ知らないことのなかへ歩いていきたい。そしてそれが、夫がさっさと切り上げたい「やらないといけないこと」のなかへ数えられてしまうのかと思うと、むしょうに切ない気持ちがする。気持ちがするのだよ、と夫に話すと、「いや、君はぼけっと歩いていただけだからそういいますが、いつも地図を調べていたのはおれなのであって、おれはもとよりそんなに意外な道を歩いているわけではない」と言いかえされるのだった。
ささいな消化不良というのは馬鹿にできないもので、考えているとだんだん自分ばかりが正しいように思われてくる。まずもって、あの夫というやつは臆病すぎる。合理的であるということを隠れ蓑に、ただ予期せぬものの訪れを怖がっているだけ。なんだい、なんだい、びびりやがって。くされチキンがよ。だいたい、すべて計画通りの毎日なんてつまらないじゃないか。本来世の中の大半のことは自分の理解の範疇を超えているのであって、そこを外れずに暮らそうとしていたら、きっと見る世界のほうをどんどん狭めていってしまうに違いない。そうしたら当然次には、他者に対しても冷たくなっていくに決まっている。つまり、予想外のものを受け入れることは、第一に倫理的なことなのだ。そうだ、極端にいえばわれわれはまったく無知の状態で生まれるのであって、未知のものに出会うことこそ生きることじゃないか、ほら、だから、夕方には家に引っ込むだなんて、そんな、ねえ、そんなさびしいことをいわなくても……。

そのくされチキンがある日、なんの前触れもなく急須を一式買って帰ってきた。とくに凝ったデザインなわけでも、とくべつ使いやすそうなわけでもない、ごくごく普通の白い急須がひとつ、同じ柄の湯呑みがふたつ。聞けば近所のホームセンターで安く買ったという、工場で大量生産しているようなやつだ。「えっ、なんで急に。なんでこれ買ったの？」とたずねると、「お茶を淹れて飲みたくて……」などという。

しかしそんな購買の根幹みたいなことだけをいわれても、わたしからするとなんの理由にもなっていない。わたしが新しいものを買うときというのは、よっぽどの必要に迫られるか、よっぽどそのものを好きになったときかのどちらかだ。そして前者の場合、事前にあれこれ確認をせずにはいられない。買うまでにできるだけ多くの情報をチェックし、最終的にはなるべく店舗に行って手ざわりや重さを確かめて、ようやく購入ができる。

わたしが急須を買うとなったらたいへんだろう。できたらまず、製造地による陶器の特徴から調べたい。どんな形が主流で、それぞれどんな利点があり、どんな文化に基づいているのか……というような基礎知識をインプットする時間も欲しい。しかし歴史のことばかりやっているとか新進気鋭のインディーズ急須作家（実際そんな人がいるのかは知らない）の存在を見逃してしまいそうだから、SNSや個人ブログの情報もチェックしたい。当然、口コミという口コミも熟読したい。やっとひとつに絞ったとしても、どんな人がその急須を使っているのかという実態が見たい、それも芸能人やインフルエンサーではないリアルな実態が見たいために、製造元のエゴサーチかというぐらいツイッター上で製品名を検索し、利用者という他は全く関係ない他人のツイートを遡りまくって、結果的にネットストーカーのようになっていることさえある。

夫は呆れるが、これがたまらなく楽しい。もはや買いたくて調べているのか、調べたくて買うことにしているのかも怪しい。だから逆に、ときどき一点もののマグカップやスヌードなんかに出会い、ずぎゃん、と衝動買いするときには、それはそれでものすごく興奮する。これもまた、買うことそのものに、というよりは、わたし、なにも調べずに買ってしまうほど、このもののこと好きになってしまったのだわ、というのに興奮するのだ。

つまりはどちらにしても、自分が心から好きになって選んだものしか手元に置きたくないということに尽きる。お金も、物欲も、買い物をする頻度もそこまでない分、わずかな買い物は完璧にすばらしいものにしたくなってしまう。それに、家の中には好きなものしか入れたくない。インテリアや整理整頓が好きだからではない、逆だ。どうせめちゃくちゃに散らかしてしまうから、好きなものしか最初からなければいかに散らかっていてもなんとなく全体がうれしい感じにまとまる、という負のライフハックである。

そこへやってきた、大量生産品の急須。言っちゃ悪いが、好きなものでそろえた部屋にとっては目の上のたんこぶであり、そして趣味の購買にとっては機会損失に感じられた。陶器もキッチン用品も好きだから、急須を選んで買うなんて、考えただけで楽しいのに。それも、当の夫が気に入って買ってきたのならまだいいが、どうやら「近所で安く買えた」以外のアピールポイントはないらしい。その、近所から外へ出ようとせず、新しい情報のひとつも入れないいまにものを買える態度にもむしゃくしゃする。さすが、くされチキンの名に恥じないぜ！　おそらく何の気なしに急須を買った報告をしたであろう夫は、わたしの不服そうなのを敏感に察知して、さっそく機嫌をとるように温かいお茶を入れてくれた。それもなんかちょっと、ずれているぞ、と思う。

それから数年経ったいまでも、急須は食器棚の中にあり、現役で使われている。急須のあとにも、夫はあれこれ乱雑にものを買ってくる。そのたびにわたしはちょっとのけぞり、しかし、やむなく受け入れる。

「すばらしいものを買った」だけにしたい生活に、「近所で安く買えた」がノイズのように混じってくる。机に座ってこの原稿を書いているあいだ、足元があたたかい。寒いと言ったら夫が急に買ってきてくれた電気あんかをつけているからで、あたたかいのはいいのだが、生地がちょっと足の裏に引っかかって不快だ。きちんと調べたらもっといいものがあったはずだと思いながら、これを使いつづけている。これまた夫が買ってきた洗濯物干しハンガーは、すでに洗濯バサミという洗濯バサミが劣化し、このまま風化するのではないかという速度で使いものにならなくなった。先週突然届いたＨＤＭＩの切り替え機は、いざ開けたら別売のケーブルがないと使えないことが判明し、いまのところ何の役にも立たない黒い立方体である。さっき届いた荷物がおそらく、そのケーブルだろう。なにをどうやったらそんなに芯のない購買ばかりを繰り返せるのか。

　ひょっとしたら、くされチキンは、わたしのほうなのかもしれない。確かにわたしは、外の世界で出くわす予期せぬものに対しては強いけれど、家の中にそれが入ってくることに関しては脆弱である。その点、夫のほうがタフなのかもしれない。だからあんなにぞんざいな買い物をできるのかもしれない。もしもそうなら、わたしたちは単に、冒険できる場所と安心したい場所とが違うだけ、ということになる。夫は家の中にいてこそ、予想を外れたもの、雑多なものを受け止められるのではないか。夫にない勇敢さがわたしにあるとしても、わたしにはない勇敢さもまた、夫にあるのか。

　白い急須は、ふしぎなもので、今となっては少しかわいい。本当に特別いいところのない急須だが、割れたらさびしいだろうし、もう定価以下では誰にも譲れない。しかしまあ、定価より出してくれるというのなら、少し考える。そしてたぶん、夫は売ると言うと思う。

なんでこんなところにいるんだっけ

バス停しかない道で三十分後のバスを待ちながら、あっ、いま、ラストシーンだな、ということを考えていた。午前の空は明るく曇っていた。マフラーを巻いていると暑く、かといって外すと寒かった。結果、結び目に指を突っ込んで少しゆるめ、できた隙間から上を向いて冷たい酸素を補給し、吐いた息が白くふくらむのをしばらく見て、つぎに時刻表を見なおし、iPhoneの時計を見て、再度うつむいて顎だけをマフラーの中へ戻した。

一月六日のことだった。年末年始が終わって平時の生活が戻ってくる頃合い、のはずが、わたしは年末まで働いていたはずの会社を突然馘になったところで、もはやどこまでが年末年始なのだかわからなくなっていた。ハレに閉じこめられてケの方に戻れなくなったような感覚だった。それでなぜか、地域の子どもたちとのデイキャンプに参加することにした。車で行けば二十分くらいで着くところを、バスを乗り継いで五十分。さらに一本めのバスでうっかり早すぎる便に乗ったために、なにもない路上で乗り継ぎを三十分待つはめになった。向こうの交差点にコンビニの看板があるように見えて歩いて行ったら、接骨院の看板だった。ここはどこだ、と思った。

デイキャンプに行くと決めたのもそう、十二月二十八日に職場から十二月末での離職を求められて、あんなに「一月末まで雇用を継続するか、せめて解雇予告手当を支払ってください」と主張していたはずなのに、その日のうちに急に十二月末で離職する気になってしまったのもそう、とにかく衝動に従ってことを進めてしまうために、よくわからない地点にぽかんと置かれることが多い。知り合いに誘われるまま観に行った演劇は大がかりなわりに全然おもしろくなかったし、その知り合いとはすぐ疎遠になった。どしゃ降りのバイパスを、傘もなく、しかも高校の制服で、びしょ濡れになりながら歩いて渡った。見ず知らずのインド人と赤羽駅のスターバックスに入った。着ぐるみショーに出演するために、ひとり秩父行きの始発に揺られ、窓の外の山を見ていた。タイの空港でも乗り継ぎを待っていて、バックパックを枕にして十時間も眠った。いつも、なんでこんなところにいるんだっけ、とうっすら思っている。忘れっぽい方だから、その場所にいるときにはすでに、やってくるまでの経緯を忘れはじめているのかもしれない。

ラストシーンはそういうときにやってくる。

大学受験で毎日十三時間くらい塾で勉強しつづけていたころ、塾の友人が「受験は死に似ている」と言った。そのときは、そうかもしれない、という気もした。お互い受験勉強のしすぎだったのかもしれない。けれども、時間によっていずれ終わりが来ることが決まっていて、その終わりに追われるようにして報われるとはかぎらない努力を続けている時間は、確かに人生のミニチュアのように思えた。なにより、死をおそれるように、受験が来るのをおそれていた。けれども受験が終わってみると、当然受験のあとの生活が始まって、言うまでもなく、いくら似ていたとしても、受験は死そのものではないのだった。そしてしばらく、そのことがわたしの苦しみになった。受験というわかりやすい目標を失って、なにかよく生きるための新しい努力をしたいのに、なにをすればいいのかわからない。勉強さえしていればよかったころ、苦しんでいる気になっていたけれど、その実自分がどんなに楽をしていたのか思い知らされるのがつらかった。人生が、不覚にも続いてしまった、と思った。

さて、第一志望の受験の日は雨だった。試験が終わったあと、わたしは校舎の間にある小さな屋根で雨をしのぎながら、塾の先生に電話をかけた。合格して大学に通うようになり、その暗がりを見るたびに、あのときわたしがそこにいたのか、とふしぎな気がした。受験は死ではなかったけれど、では、あの電話のシーンをひとつ、ラストシーンにするのはどうだろう。当の受験さえ終わっていない、中途半端で、ひとりぼっちのシーン。雨の音と、電話越しの先生の声をバックに、ギターのイントロがはじまり、ドラムが加わって、エンディングの音楽が流れるのはどうだろう？

結婚式をしているときも、わたしはどうしてここにいるのだろう、と思っていた。けれども、結婚式にラストシーンはなかった。

新郎新婦が座る高砂は、他のテーブルより一段高い。といっても階段一段程度の差しかないはずだが、こちらを向く親しい人たちが、そのときは遠い眼下に広がる街並みのように見えた。自分の結婚式というのはほんとうにおかしな場所だった。知り合いという知り合いが集まっている！　自分が招待しておいてこんなことをいうのも申し訳ないけれど、変すぎる。夢の中で、小学校の同級生と大学の先輩と仕事仲間とがなぜか一緒に教室に座っていたりする、あの攪乱。それが現実に目の前にあらわれ、しかもみな酒に酔い場に酔いで、なにもかも真実でないように思われた。ただひとつ、夫のタキシードがぱっつんぱっつんなのがむちゃくちゃにおもしろく、わたしはその日、それを見ているときだけが正気だった。

あとになって、招待客の何人かがわたしをつかまえては、「あんたついに一滴も泣かなかったね」「あんなに泣かない花嫁さんははじめて見た」と苦情を言った。そう、誓いのキスをしたときも、プラスチック製のウエディングケーキに刃を差しこんだときも、両親への手紙を読んでいるときも、わたしは泣かなかったし、ラストシーンではなかった。結婚式を挙げて、拍手に包まれ、ついでに花火なんか二、三発上がってフィナーレ、というところへは、どうも行けなかった。

こう言うとよくある、「結婚=ハッピーエンドではない」という主張に思われそうだが、そんなことは当たり前なのであって、わたしの言いたいのはそれではない。結婚後の生活に伴うさまざまな苦労やら折衝こそが本質であってどうの、ということを言いたいのでもない。言いたいのはもっとくだらないことだ。

結婚式とラストシーンといえば、映画『卒業』だろう。そういえばあのラストもバスの中だった、だからバス停でラストシーンのことに思い至ったのかもしれない。ダスティン・ホフマン演じる主人公の青年が、結婚式に乱入する。花嫁を連れ去り、追いすがる親類たちを十字架を閂(かんぬき)に教会に閉じ込めて、ふたりは笑いながら逃げ出す。ちょうどやってきたバスに息せき切って乗り込むと、ひとりはウエディングドレス、ひとりはぼろぼろの服を着た若い男女を、乗客たちがいぶかしげに振り返る。ふたりはバスの後部座席に座り、しばらく興奮のままに笑みを浮かべているのだが、そのうち乱れていた呼吸が落ち着いてくる。すると、だんだんに笑顔が消え、ふたりは黙りこむ。無言のふたりを映したのち、バスは遠ざかっていく。

このなんともいえない気まずさが好きで、見ると笑ってしまう。さっきまでドラマチックなイベントにあんなに興奮していたふたりがぞっとするほど早く醒めるのは、意外でおもしろいのと同時に、身に覚えもある。クライマックスは過ぎて、さて、その次はどうするか。なんでこんなところにいるんだっけ……つまり、わたしの言いたいのはこうだ。『卒業』がひりひりと教えてくれるように、ラストシーンのあとにも、人生は続いてしまう。もちろん主人公の死で終わる物語もたくさんあるけれど、そうでないものもたくさんある。それならばひるがえって、わたしの人生の途中にも、死を待たずしていくつもラストシーンが訪れたっていいはずだ。それなら、どうせならいかしたラストシーンがいい。結婚式というのは、単に、それにはださすぎる。

そして、新年にぽっかり開いた穴のようなバス停は、その朝大いにわたしの気に入ったのだった。

人生は続き、無事にバスはやってきた。デイキャンプはたいへんいいものだった。わたしは元来、子どもになつかれるのが異常に早い。その日も子どもたちとはまったくの初対面だったが、気づくと小学生の女の子がふたりぴったりわたしの左右につき、かわるがわるおんぶをねだった。わたしたちは、巨大な鍋で地獄のように煮えたぎる豚汁をながめ、火をながめ、ウインナーを串に刺して焼き、マシュマロを焼き、かまど炊きの米や芋をむさぼり食べた。わたしは生活の大半を担う収入を失っていたし、スケジュールもいっぺんに消し飛んで、ずっと静かに混乱していた。しかしすでに、それはひとつのラストシーンのそのあとだった。わたしはそこにいるのだった。いつも理由を忘れかけているまま、なぜかその場所にいるのだった。

そのうちまた、次のラストシーンがやってくる。できればそれも、なるべく中途半端で、ひとりぼっちで、いかしたのがいい。

春

春だ。

たけのこを茹でると、リビングいっぱいがいいにおいになる。甘いけれど乳くさくない、華やかな栄養のにおいがする。それから、菜の花。菜の花を沸騰した湯のなかへ放りこむたび、そのあんまり美しいのにおののく。深い緑、沸騰の泡のなかに揉まれると一転して鮮やかな緑に変わり、湯から上げればまたかすかにくすんでしまう。晴ればれとするような色はその一瞬しかみられない。ときどき誘惑に負けて、茹で上がったのをすぐつまんで、塩もふらずに食べる。茹でたばかりの花を食べたことがあるだろうか？　はじけだす熱いスープでありながら贅沢な具でもあるような、あの豪勢さ。花や蕾を食べるというのは、どうしてあんなに人を興奮させるのだろう？

虫たちにとってもまた春であり、これは家主としてはありがたいことではない。気温が上がてやまない。

るのと比例するように、水まわりの治安が悪くなってくる。日曜日に一念発起して、半日かけて風呂の隅々までを磨きあげた。はじめ裾をまくっていたのがそのうち邪魔くさくなって、一枚脱ぎ二枚脱いで、最後には下着だけになって洗いまくった。日が傾くにつれて窓から西日が差し込み、ハイターの泡と水しぶき、拭いたばかりの白いタイルがまぶしいほどだった。ぜんぶを終えたらくたくたになっていて、明日には筋肉痛になるだろうと思った。そして、それが自分でほほえましく、うれしく思われた。

その喜びは、単に家事をつつがなくこなしてうれしいだけではなかった。そういう暮らしをしている人が他にたくさんいるのだ、ということの喜びが、そこに混じっていた。家事をするとき、わたしは家の中に閉ざされてあって、しかし他の家々と同時に春を迎える。その、同時さがうれしい。わたしが暮らすとき、他の人たちも暮らしていればいいと思う。わたしと同じように、そしてわたしの知らないところで、野菜の美しいのに震え、積み重なる汚れにうんざりして、暮らしをくりかえすことに達成感を持てばいいと思う。わたしは彼らと足並みをそろえ、それぞれの家の中で、静かで幸福な春を同じくしているのだ、という予測の喜び。

暮らしの前ではみなどうしようもなく平凡であることの喜び。その喜びを、わたしは警戒してやまない。

振り返ってみれば長い冬だった。年末に三年以上勤めた会社を馘になった。生計の大半がいっぺんに消し飛んだのもつらかったが、しかしそれよりも、長い時間尊敬していた人と離反する運びになったことがつらかった。くび、と言っても、解雇されたわけではない。もともと最低賃金すれすれで尊敬を頼りに働いていたところを、雇用主から「お互いにとってよりフェアな関係で仕事をするために、業務委託に契約を変えることにした」と通告された。なにやら聞こえはよくても結局体よく使われることになりそうで、それをずるずると拒んでいたら、話がもつれにもつれてしまった。

最終的には、わたしがどのようにやめるかを争って話し合いが行われた。会社側の言い分は、わたしは話し合いの三日後である年末に離職をするべきで、かつ解雇予告手当は絶対に支給しない、ということだった。わたしとしては、せめて労働基準法に則って、本来支払われるべき解雇予告手当を支払うか、もしくは一か月後の離職にするべきだ、と思っていた。話し合いから離職まではあまりに急で、かつそれこそ全く「フェア」でない、雇用側の優位を振りかざすようなことだと思った。

話し合いは五、六時間に及び、わたしたちはみんな疲れ切っていた。雇用主も、そして、わたしのずっと尊敬していた上長も、どうにかわたしを離職に同意させることに必死だった。上長はその場で仲裁役のような役割を負っていたけれど、しかし仲裁が「円満な同意」だけを目指していれば当然、わたしを説き伏せる側に回ることになる。「フェアな関係で仕事をするために」決まったはずだった離職は、いつの間にか「ミスが多いためにこれ以上働かせることはできない」という話に変わっていて、さらにわたしがどれだけ「持ち帰って考えさせてください」と頼んでも、その場で答えを出すことを迫られた。そうしてわたしはついに、疲れた頭で合意をする。その条件は、「そんなに言うなら労働基準法に則って、一か月後の離職にする。ただし、その一か月はこれまでしてきた仕事ではなく、オフィスの掃除をする」というところだった。

この、とても「フェア」とは思えない条件に同意をしたときの快楽といったら。わたしは常にこの離職が正当であるかどうかを気にしていたけれど、しかしそのいっときだけ、そんなことはささいなことであるように思われた。それよりもわたしがここで、尊敬する人たち、お世話になった人たちのために正当さを捨て、譲歩をしてやるということの、どんなに美しいことか、という気がした。

けれど話し合いのあと、ずっと心配していた父にどのような合意に至ったのかを報告したら、すぐさま電話がかかってきた。「それは、あんまりだろう。解雇予告手当なんかいらないから、年末でやめろ。そんなちっぽけなことのために、つらい思いをしないでくれ」という。電話口の父は、泣いているようだった。

それではっと目がさめたようになって、その日のうちに、昼間にした合意を取り下げるためのメールを書きはじめた。

メールで同意を取り下げるためには、まずどのように合意が行われたのかを振り返らなくてはならない、と思った。であるから話し合いで何が起きたのかを振り返り、そのためにはその日のことだけではなく、わたしたちがどのような関係を築いてきたのかを考える必要があった。わたしは例の仲裁役の上長を、ほとんど愛しているといっていいほど尊敬していて、そうでなければあそこで合意することはなかっただろうから。結果として、関係性そのものを根幹から批判することのほかに、わたしが同意を取り下げる方法はなかった。離反のメールは一万七千字に及び、本題の部分はこのように締め括られた。

「自分たちの中だけで成立する正しさ、『フェアー』さというものは存在しません。ラディカルな平等を信じればこそ、この場にいない誰の尊厳に照らしてもゆるがない合意を、わたしたちは目指してゆくべきだったのではないですか。」

「今回の話し合いが決して『フェアー』ではないと見抜けずに、考えることをやめ、合意の快楽に身をゆだねたのも、わたしの間違いでした。本当に恥ずかしく思っています。」

当然、というべきか、そのメールを送ったのを最後に、辞職にかかる事務的なやりとりの他、会社の人から音信が来ることはなくなった。これもまた当然に、とても悲しかったけれど、しかししかたのないことだとも思った。そんなに「フェア」さが大切だというなら、しかたない。「フェア」であることを求めた以上、こうなる他ない。とにかく、自分があそこでうっとりと合意をしてしまったことが、情けなくてしかたがなかった。向こうの言い分が「フェア」なものとしては成立していないと気がついていながら、そこで正当さを求めることをやめ、さらにはそれを美徳であるかのように自分自身をごまかしたことが。それをなんとか撤回できたことに安堵する気持ちが大きかった。


とはいってもさすがに気落ちしていたら、受験時代の恩師が励ましのメッセージを送ってくれた。十年来あれこれ相談しつづけている先生で、わたしがこうなる他ないことをよく分かっているから、それがかえって不憫だったのだろう。いわく、こうだ。

「人間関係よりも優先しなければならない見えないなにかがある人間は、人間関係を結んではいけないのだろうか。その難題に君はチャレンジしているし、僕もチャレンジし続けなくては、と思っています。」

これはおかしい。なにか暴言である。そんなチャレンジをした覚えはないし、むしろ人間関係というものを大切に思えばこそ、あそこで痛い思いをしてまで同意を取り下げたのだ。不服に思っていたらしかしその直後、別の人から、「お世話になった人との関係性を二の次にしてまで正しくあろうとするなんて……」と非難された。なるほど。それでようやく、ことの次第がわかってきた。

つまりは、わたしは人間関係のことを大切に思っている。これはうそではなく、本当に大切だと思っている。けれどもそれは、「お世話になった人」だけで作られる小さな人間関係のことではなく、もっと大きな、知らない人たちまで含むような人間関係のことだ。あんなにしてまで合意を取り下げたのはまず、わたしの合意が暗に許してしまった、わたしではない無数の不当な解雇に対するつぐないだった。わたしが不当な合意を押しつけられてはいけない理由は、わたしのためだけではない。仲間うちの輪を一歩出たところに大勢いるであろう、同じように弱い立場で合意を迫られる、ほかのものたちのためなのだ。小さな人間関係のことだけを考えれば合意してもよかったのかもしれないけれど、そういうほかのものたちが必ずいる以上、そうするわけにはいかなかった。

それで、恩師のいうことは的を射ていると認めざるをえなくなった。わたしは（小さな）人間関係より大切なものをたくさん持っていて、ときどきそのために、関係の方を平気で擲（なげう）ってしまう。

うちの掃除機のスイッチは拳銃に似ていて、人差し指で握り込むとオンになる。手をゆるめてはじめて、その音がうるさかったことに気がつく。しんとして、窓の外は春である。

どこの家にも、静かで幸福な春が同時に来るなんて、そんなことがあるもんか。しかしそのことを、暮らしの美しさはかんたんに忘れさせる。どこの家にも同じように、喜びの春が来るように誤解させる。わたしたちの美しい暮らしが、本当は「美しい暮らし」以外のなにかの上に建ち、そのなにかを犠牲にさえしているかもしれないことを、すぐに見えなくさせる。

暮らしの喜びは、平凡であることの喜び、他人の家の喜びと、我が家の喜びとが似ることの喜びであると書いた。より正しく言えば、それは誤認の喜びなのだ。暮らしのなかに自分の平凡さを見ることで、多数から外れた他人を勘定に入れないで済む世界がいっとき、立ち上がるように思える。そして、昼夜や、季節のような、その大なり小なりの反復が、それを永続するものに思わせる。やってきて過ぎ去る春がうれしいのは、また春が来るからに他ならない。もしも春が一度きりならば、たけのこも、菜の花も、悲しいばかりでしかたない。つまりはこうだ。暮らしの美しく、春のうれしいのはまず、家の中の日々、わたしと夫とで完結する小さな日々が、反復し、永続するように、という望みのため。突然の訃報や、爆発や、みだらさが、その反復を止めてしまうことのないように、という望みのためだ。

そしてその望みは、わたしたち以外の小さな日々がまたそれぞれで完結し、こちらを侵すことなく勝手に反復してくれているように、という望みへとつながる。暮らしのなかに自分の平凡さを見るとき、同時にそれがありふれていてほしいと思うのは、そのためだ。だれもみな幸福で平凡な反復のなかを暮らしているのなら、おそれることはなにもない。他者の暮らしが自分の暮らしと均質であるかぎり、自分は心許す人とともに、小さな輪の中で生きつづけられる。そのような誤認の上に女神のように立って、春はうっとりときれいだ。


夫が眠っている。ソファの低すぎる背もたれに首をとられて眠り込んでしまったせいで気道がつまって、激しいいびきをかいている。夫がそのように眠るたび、わたしはいらだつ。体力の回復のためなら布団で眠ればいい、うとうとしたいだけであるとしてもせめて快い寝方にすればいいのに、なぜそうしないのか、と思う。乱暴にソファに転がしても夫が起きないのが、なおも腹立たしい。

眠っているときの夫が、ほとんどいないのと同じであるように思われるのが怖い。彼の合理性や闊達なおしゃべりは失われ、愚かにも息をつまらせながら、まったく最適解でないやり方で眠る。そのあいだ、わたしが何をしても、夫には見えていない。あとになってみれば、ほとんどいなかったのと同じである。けれども、体ごと横倒しにして気道をあけてやり、肌がけをかぶせてやる。明日が来ることを望み、その明日が、夫が風邪をひいたり、窒息したりしていない、よき今日の反復であることを望んで。

わたしは、暮らしの美しいのを警戒する。夫とふたりで小さな暮らしを行っているとき、わたしは眠っているようなものだ。世界から切り離されて、どこにもいないようなものだ。ほかのものたちのことなど一切考えることなく、自分の幸福を、平凡なものであるかのように享受する。それはすごく気持ちよく、栄養に満ちて、そして、おそろしい。ソファでいつの間にか眠っているときのように、目覚めてみるまで眠っていたと気づくことができないことがおそろしい。

そして同時に、安心な暮らしの腹を食い破るようにして目覚める自分のことを思うと、どうしようもなく悲しい気持ちでいっぱいになる。恩師の言葉が、かたちを変えて迫ってくる。暮らしより大切なものがある人間は、幸福に暮らしつづけることはできないのだろうか。一万七千字メールを送ってやめたことを「自己中心的」と非難されたと話すと、夫は「君が自己中心的だったら、そんなあっさり生活を犠牲にしないでしょ」と笑って、わたしは息の止まる思いだった。わたしはひとりで暮らしているわけではない。正当さを追いかけるために平気で賭けたわたしの生計はまた、夫と暮らすためのものでもあったのに。

暮らしより大切なものがある人間は、いかにして暮らせばよいのだろうか。

くりかえし問うけれど、それではまだ足りない。それでいて同時に、暮らさざるをえない。生きているだけでおなかが空いて、部屋は汚れていく。望むと望まざるとにかかわらず、日々は反復される。暮らしより大切なものがあるから、暮らさざるをえない。暮らしの誘惑、小さな人間関係のなかへ閉ざされていくことの誘惑に時にかたむき、にらみつけるようにして。夫が眠っている。あほみたいな顔して、よだれなんてたらして、眠りこけている。愚かしく、腹立たしくて、そして、希少に思えてしかたない。わたしは写真を何枚も撮る。眠っている者はいないようなものだが、しかし実際にはここにいて、息をし、クッションを濡らして、そのうちに目を覚ます。そのことが、苦しいほどにわたしにうれしい。困ったことに、暮らしというやつは、それでも、どうしても、美しくてしかたない。

あとがき

この本のタイトルが決まったことを電話の向こうのエスちゃんに話したら、「愛（笑）」とあざわらうのだった。

「君って愛の対義語でしょ」

「おれってそうなの⁉」

そうでしょ、とエスちゃんはなおも笑う。

「いやあ、だって、もう長い付き合いになるけども、君から愛らしきものを感じたことがないよね。君って誰のことも本当に好きなわけじゃないし、結婚だってプロジェクトでやってるにすぎない」

あまりのことに絶句し、「なんてこと言うの……」と言ったきり、ほとんど反論できなかった。ただひとつ、「プロジェクトってなに？」とたずねたら、「『結婚』というものを、試しにやってみてるだけでしょ？」と言う。「やったらどうなるか、好奇心で実験してるだけでしょ。相手、選ぶにしても、たまたまいたこの人にするって決めただけ」

反射的には、いや、そんな、違うよ！　と思うけれど、同時にどうにも自分のほうで煮えきらない。そうなのか。そうかもしれない。そこに関して、エスちゃんの言い分を否定しきれるだけの自信がない。確かにわたしは、夫との間で起こることを観察してはおかしがっていて、ついにはこんなふうに本まで出してしまった。そして、他の誰でもない夫がいいと思う理由を、うまく説明することができない。決めた、覚えはある。しかし、それだけじゃないか、と言われてしまうと、なにも言い返せない気もしてくる。エスちゃんがつぶやく。

「君の嫌いな、仲間意識とか、同窓会とか、野球で自分の出身地を応援するとか、全部、愛だからね。君だけだよ、そんなに愛を毛嫌いしてんの。おれだって全然、ベイスターズが勝ったらうれしいんだからね……」

夫とふたりで歩くとき、だいたいわたしが車道側を歩く。ときどき、看板や花に気を取られて少し先を行くけれど、結局道をわかっているのは夫なので、すぐに戻ってくる。歩くのは気分がいい。お金も充電もガソリンもいらないのがいい、歩けさえすれば、畢竟どこへでも行けるのだという気がしてくる。わたしって、愛を毛嫌いしていたのか、と思う。確かに同窓会は嫌い、仲間意識も希薄、自分の出身地や国でスポーツに入れあげる意味がわからないと思っている。どこかの集団に属してしまったとたんに、もうどこへでもすたすた行ける自分ではなくなりそうなのが怖い。それに、親しい人を作ったとたん、自分が「親しくない人」に対して、とても残酷に、それでいてそんな気はまるでないような顔をして、無意識の攻撃をはじめそうなのが怖い。

そんなふうだから、どこへ行っても自分がよそものであるように感じてきた。夫に聞くと、「おれはそんなことないよ。気むずかしい君のようなものとは違って、飲み会もスポーツも楽しめる。気もやさしい」みたいなことを言ってくるが、「楽し『める』」などと言っている時点でたかが知れている。気むずかしいよそものがふたり、そのくせなんとなく寄りあって、あんなに恐れていた「家庭」などというものになってしまった。

この連載で、なおさら夫のことを観察するようになった。そして、自分自身のことも。観察はなにしろ、よそものの得意技である。できごとから一歩外がわに出た地点では、自ずと観察がはじまるものだ。ところが、自分も含めた全体を観察することはとてもむずかしい。ついつい主体である自分を勘定から外そうとしてしまう。

けれど、暮らしのこと、そして夫のことを書くときには、どうにかそれをしないでいようと決めた。夫は幸い書くことを許してくれていたけれど、それでも夫だけを対象にするのは不公平に思われて、せめて自分も一緒にその俎上に載りたかった。外がわの観察者でいるのではなく、できごとのなかにぐしゃぐしゃにまみれていながら書くことはできるだろうか、と思っていた。

だから、わたしにとってこのエッセイを書いていくことは、はじめてよそものでない自分を発見しようとすることだった。いわば、半歩だけ外がわに出た状態で書きつづけたエッセイだったと思う。

確かに、大それたタイトルになってしまった。なにを隠そうわたし、愛のことはなにもわからない。同窓会が愛ならば、愛なんて一個もいらん、とも思う。けれど、この半分半分の状態は、けっこう好きかもしれない。半分だけ、よそものである。ぐしゃぐしゃに揉まれながら、しかし観察もしている。小さな家に住んでいながら、半歩は外に出ている。自分よりはるかに夫のことが大切で、しかし夫と同じくらい大切なものがたくさんある。夫にも、わたしと同じくらい大切なものが、たくさんあってほしいと思う。たまたまいたこの人を連れて、すたすたとどこへでも行きたいと思う。

それが愛でも、愛の対義語でも、どちらでもかまわない。

初出一覧

本書は　ｗｅｂ百万年書房ＬＩＶＥ！の連載「オッケー、愛情だけ受け取るね」に、書き下ろしを加えたものです。

夫婦間における愛の適温

２０２３年８月８日　初版発行
２０２４年３月14日　２刷発行

著者　向坂くじら
装画　芳賀あきな
装丁　川名潤
発行者　北尾修一
発行所　株式会社百万年書房
〒１５０－０００２　東京都渋谷区渋谷３－26－17－３０１
電話　０８０－３５７８－３５０２
http://www.millionyearsbookstore.com

印刷・製本　中央精版印刷株式会社

ISBN978-4-910053-42-4

せいいっぱいの悪口

暮らし 01

堀静香＝著

本体 1,700 円＋税　1c224p ／四六変・並製

ISBN978-4-910053-31-8 C0095

今日生きていることも、昨日生きていたことも全部本当。明日生きたいことも本当。今がすべてで、いやそんなはずはない。適当で怠惰であなたが好きで、自分がずっと許せない。事故が怖い。病気が怖い。何が起こるか分からないから五年後が怖い。二十年後はもっと怖い。今がずっといい。でも今が信じられない。なのに、今しかない。（本文より）

世の人

暮らし 02

マリヲ＝著

本体 1,700 円＋税　1c192p ／四六変・並製

ISBN978-4-910053-36-3 C0095

三回目の逮捕の後、もう本当にダメかも知れない、という気持ちと、確実になった刑務所生活を一秒でも短くしたいという気持ちから、ダルクに通所することにした。アルバイトとダルクを両立させていること（社会生活に問題がなく薬物依存を認めその治療にあたっていること）、家族、友人との関係が良好であること（社会的な受け皿があること）が、裁判において有利に働くらしいということをプッシャーの友人に教えてもらったからだった。（本文より）

いかれた慕情

暮らし 03

僕のマリ＝著

本体 1,700 円＋税　1c224p ／四六変・並製

ISBN978-4-910053-40-0 C0095

家族にも友人にも本音を言うのが苦手だった。何年生きても薄い関係しか築けないのが、ずっとコンプレックスだった。自分を晒すことにどうしても抵抗があり、踏み込むのも踏み込まれるのも躊躇した。そうやって生きてきたから、誰かの友情や愛情を目の当たりにすると、決まって後ろめたい気持ちになった。冷めたフリして飄々と生きているつもりだったけれど、本当はものすごく寂しかった。（本文より）